KB146523

순간의 두려움 매일의 기적

코로나19, 안나의 집 275일간의 기록

순간의 두려움 매일의 기적

코로나19, 안나의 집 275일간의 기록

김하종 글

니케북스

안나의 집 식구들,
대전 가톨릭대학교 학사님들의 도움으로
이 책을 쓸 수 있었습니다.
감사드립니다.

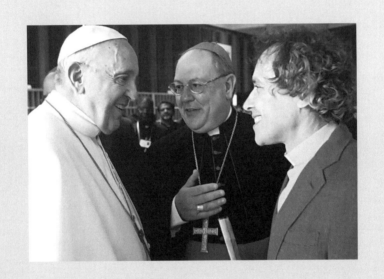

□
■ 안나의 집 가족들을 위한 교황님의 메시지

2018년 10월 17일

김하종 신부가 프란치스코 교황님을 만나 부탁하였습니다.
"안나의 집 가족에게 축복을 부탁드립니다."
그러자 교황님은 흔쾌히 허락하며 축복해주었습니다.
다음은 교황님의 메시지를 정리한 것입니다.

"반갑습니다. 안나의 가족 여러분께 인사드립니다.
안나의 집을 찾는 사람들이 행복한 삶을 향해 나갈 수 있도록 돕는
여러분께 모두 고맙다는 말을 전합니다.
안나의 집 청소년과 노숙인 여러분,
항상 앞으로 나아가시기를 바랍니다.
가끔 삶의 어느 순간에는 어두움이 찾아오지만 포기하지 마세요.
미소를 잃지 말고 주님의 힘으로 항상 앞을 향해 나아가세요.
여러분 모두에게 주님의 축복을 빕니다.
그리고 저를 위해서 기도해주세요.
감사합니다.
이처럼 낮은 자세로 모든 이와 함께 하는 안나의 집 가족 여러분,
늘 감사합니다. 그리고 사랑합니다."

■ 안나의 집에 보내온 응원의 글

■ **대해 스님** 영화 〈산상수훈〉 감독, 대해사국제선원 선원장

어려운 시대에 김하종 신부님은 28년간 늘 그래왔듯이 멈추지 않고 말이 아닌 행동으로 노숙인들을, 길 잃은 청소년들을 향해 묵묵히 한발 한발 다가가고 계십니다. 그 걸음이 어떤 이에게는 배부름을, 어떤 이에게는 미소를, 어떤 이에게는 희망을 주고 있습니다.

때로는 부엌에서, 때로는 청소년 쉼터에서, 때로는 거리에서, 다양한 역할을 기쁘게 수행하고 계신 김하종 신부님.

김하종 신부님의 하루하루와 함께 써나간 이 책과 더불어 생명의 따뜻한 온기를 느끼시기 바랍니다.

■**최재철 신부** 성남지구 사제단 회장, 성남동 성당 주임

늘 웃음 가득한 얼굴과 별로 웃기지 않은 농담, 활기찬 발걸음, 그리고 겸손한 말투.

뜻밖의 후원과 자원봉사자들의 참여로 매일 기적적으로 운영되고 있는 '안나의 집' 원동력인 김하종 신부의 모습이다. 성남동 성당에 와서 평소 존경하던 김하종 신부를 가까이할 기회가 있다는 것이 나에게는 큰 행복이다. 젊은 시절 사회복지기관에 실습을 나갔던 적이 있었다. 내가 본 사회복지기관 신부들은 대부분 '관리자'요, '행정가'였다. 생각해보면, 안타깝지만 필요에 의해 그렇게 변한 것 같았다. 그러나 30년이 넘게 빈민사목을 해온 김하종 신부는 아직도 여전히 프란치스코 교황의 말처럼 '양 냄새 나는 사목자'다. 이 책을 통해 그가 어떻게 '사목자'로 살고 있는지를 볼 수 있다.

코로나19의 확산으로 사회의 모든 관계가 조심스러워지고 심지어 단절되는 일이 벌어졌다. '안나의 집'과 '안나의 집'을 이용하는 사람들에게도 큰 위기가 되었지만, 김하종 신부는 고집을 부려 가난한 이들을 위해 밥상 차리는 일을 그치지 않았다. 하

9

루에 한 끼만 먹을 수 있는 사람들이 눈에 어른거렸을 것이다. 그의 고집이, 그의 사랑이 옳았다. '안나의 집' 배식은 코로나19의 위험과 단절을 헤치며 현재까지 진행 중이다.

김하종 신부는 입버릇처럼 "건강이 허락되고 자금이 허락되는 한, 계속할 거예요"라고 말한다. 그의 바람이, 하느님께서 그를 통해 이루시는 기적이 계속되길 기원한다. 그리고 그의 일이 끝날 때도 그가 여전히 '양 냄새 나는 사목자'이길 기도한다.

■ **알베르토 몬디** 방송인

저는 안나의 집에서 여러 번 자원봉사를 하는 기쁨과 영광을 누렸습니다. 다른 사람들을 돕고 도움이 필요한 사람들에게 무언가를 주고 싶다는 열망을 품고 안나의 집을 찾았습니다.

하지만 우리가 그들에게 준 것보다 우리 사회의 밑바닥에 있다고 생각했던 사람들로부터 받은 것이 오히려 더 많다는 것을 깨달으면서 집으로 돌아옵니다. 안나의 집에서 자원봉사를 한 후부터는 마음이 더 풍요롭고 더 행복하게 되었습니다.

자원봉사는 누군가에게 무언가를 주는 것이 아니라 다른 사람과 자신이 가진 시간과 재능을 공유하는 일입니다. 따라서 자원봉사를 통해 받는 사람뿐 아니라 주는 사람도 얻게 되는 게 있습니다. 이것이 나눔입니다. 그리고 더 정의롭고 아름다운 사회를 위해 필요한 것입니다.

이 책에서 김하종 신부님은 코로나 바이러스로 인한 문제와 고통을 이야기하지만, 이 전염병의 순간을 새로운 눈으로 바라보며, 위기의 시기에 피어난 아름답고 새로운 에너지를 발견하였습니다.

이 책을 읽으면 노숙자, 자원봉사자, 후원자 들의 경험을 통해 우리 사회에서 또 다른 전염병이 발생했다는 사실을 알게 됩니다. 공유의 전염병, 사랑의 바이러스, 연대의 감염! 우리의 마음을 나눔의 정신으로 감염시키고 행복으로 채우면서 우리 사회를 더 아름답게 만드는 바이러스 말입니다.

이 책은 매일 직접 만나는 사람들이 말하는 고통과 그 고통에 대해 현실적으로 이야기합니다. 그러나 행복과 진정한 기쁨의 사회, 누구도 배제하지 않고 모든 사람을 환영하는 사회로 가는 길을 알려주는 책이기도 합니다. 또한 코로나 바이러스가 끼친 영향에 대해 궁금해하는 사람들과 어떤 위기도 항상 개선하고 배울 기회가 될 수 있다고 믿는 사람들에게 추천하는 책입니다.

■ **김민정 PD** KBS 인간극장팀

신부님, 산타 신부님
김하종 신부님에 대한 소문은 익히 들었습니다. 이탈리아 출신 파란 눈의 신부님께서 30년 전 한국으로 와 가난한 자들을 위해 살고 계신다는 것을.

사실 KBS 인간극장팀이 신부님께 취재에 응해주십사 연락드린 것은 이미 여러 해 전부터였습니다. 그때마다 본인은 적합한 인물이 아니다며 취재를 고사하셨습니다. 저희 팀의 애달픈 마음을 아셨던 걸까요? 2017년 초겨울, 드디어 신부님께서 취재에 응해주셨습니다. 뒤늦게 알게 된 사실이지만 신부님이 저희 팀의 취재에 응하신 이유는 다른 취재진과 착각해서라고 합니다. 작은 오해로 시작되었지만 그렇게 운명처럼 신부님을 만나게 되었습니다.

성남 안나의 집에서 취재진을 반갑게 맞이해주시던 김하종 신부님은 붉은 점퍼를 입고 계셨습니다. 산타를 떠올리면 생각나는 하얀 수염도, 두둑한 뱃살도, 빨간 코의 루돌프도 없으셨지만, 단박에 '아, 산타클로스다!'라는 생각이 들었죠. 그리고 20여 일 동안 촬영을 하며 정말 가난한 자들을 위해 보내주신 선물 같은 산타클로스가 맞다는 확신이 들었습니다.

촬영을 위해 지켜본 신부님의 24시간은 매우 밀도 있게 바쁘셨습니다. 새벽 기도로 하루를 시작한 신부님은 어느새 배고픈 이들을 위한 조리사가 되기도 하고 싸움을 말리는 해결사가 되기도 합니다. 갈 곳을 잃은 청소년을 위한 목자가 되기도 하고 한기와 눈총을 피해 다리 밑에서 숨죽여 자는 이들의 보호자가 되기도 합니다. 곽곽한 행정 업무와 부담스러운 후원 업무도 늘 신부님의 몫이었습니다.

이 수많은 책임감 속에서 신부님은 늘 웃고 계셨을까요? 아닙니다. 신부님은 화를 내기도 하고 울기도 하셨습니다. 지치고 포기하게 될까 봐 걱정도 하셨습니다. 그럴 때마다 신부님의 손을 잡아주시는 이는 예수님과 안나의 집 식구들이었습니다. 퇴근 후 홀로 앉아 있는 신부님은 늘 예수님과 함께였고, 출근 후에는 안나의 집 식구들과 함께였습니다. 30여 년간 신부님은 그렇게 온전히 '빈첸시오 보르도'가 아닌 '김하종'으로 살 수 있으셨던 것 같습니다.

신부님을 촬영하면서 가장 기억에 남은 일화가 있습니다. 촬영 내내 신부님께서 이탈리아 음식을 제대로 드시는 것을 볼 수 없었습니다. 간편식을 드시거나, 안나의 집에서 직원들과 드시는 한식이 전부였습니다. 신부님께 왜 이탈리아 음식을 드시지 않는지, 고향의 음식이 그립지 않은지 여쭤보았습니다. 신부님께서는 이탈리아 음식이 먹고 싶지만 자주 먹게 되면 이탈리아가 더 그리워질 것이고 그러면 돌아가고 싶은 마음이 들까 봐 고향 음식을 먹지 않으려고 노력한다고 말씀하셨습니다. 눈을 감는 순간까지 한국 땅에서 헌신하고 싶다고 한 신부님의 진심이 느껴지는 순간이었습니다.

가난한 자들에게서 예수님을 발견하고, 그분을 닮은 삶을 살고자 노력하는 신부님의 인생은 제가 그동안 촬영한 수많은 인간극장 중 가장 큰 울림으로 남았습니다.

날 서린 초겨울 한파 속 추위와 사투를 벌이며 촬영했지만, 마음만은 늘 따뜻했던 이유는 드라마보다 더 드라마 같은 신부님의 인생이 보여주는 진한 감동 때문일 것입니다.

예기치 못한 바이러스의 여파로 올겨울은 어느 때보다 추운 겨울이 다가올 것 같습니다. 가지지 못한 이들은 더 시리고 고통스러운 겨울이 될지도 모릅니다. 안나의 집 친구들에게 신부님은 더 필요하고 기대고 싶은 아버지가 될 것 같습니다. 늘 그래왔듯 신부님의 진심이 이 시련을 극복해나갈 원동력이 될 것이라 믿습니다.

부디 신부님께서 온전히 본인의 소명을 다하시길, 안나의 집이 가난한 자들의 든든한 안식처가 되길 기도하고 응원합니다.

□
■ **일러두기**

저자인 김하종 신부는 이탈리아어와 한국어, 두 언어로 이 책을 썼다. 일부 이탈리아어
로 쓰인 글은 류쳄마 번역가의 도움을 받아 한국어로 옮겨졌음을 밝힌다.

□
■ 목차

저는 축복을 많이 받은 사람입니다.

저는 코로나 바이러스 시기에 살면서 기쁨을 누렸던 많은 아름답고 놀라운 현실들을 증언하고 기억하기 위해 이 책을 쓰기로 했습니다.

많은 이들이 코로나 바이러스가 번지고 있는 지금의 이 시기가 어둡고 절망적이라고 말합니다. 그러나 저는 전부 다 나쁘고 어둡고 절망적인 시기는 없다고 생각합니다.

그렇습니다. 확실히 고통으로 가득 찬 어려운 시기이며, 경제적인 관점에서 보면 정말 힘든 시기입니다. 많은 사람이 일자리를 잃고 많은 회사가 파산합니다. 심리적 관점에서 보면 우울증, 공황장애 등 정신 질환이 많이 증가했습니다. 사회적 관점에서 보면 미래에 대한 방향 감각을 상실하여 불안감이 너무 큽니다. 아이들은 학교에 갈 수 없고, 젊은이들은 일자리를 못 찾고 있으며, 노인들에게는 너무 많은 두려움이 존재합니다. 하지만 지적이고 현명한 사람들은 이 시기를 나눔, 형제애, 사랑, 생태 존중, 소외된 이들에 대한 봉사를 바탕으로 새롭고 더 나은 사회를 준비하는 삶의 학교로 만들 수 있습니다.

안나의 집은 이 어려운 시기를 삶에 더 깊이 들어갈 좋은 기회로 삼고 있습니다. 고통은 신의 형벌이 아니라 많은 것을 배우고 삶에서 중요한 것의 본질로 나아갈 새로운 기회이기 때문입니다. 우리는 반드시 필요한 것은 아니지만 우리를 노예로 만들고 의존하게 하며 불행하게 만드는 물건에 둘러싸여 있습니다. 고통은 중요하지 않은 것을 버리고, 더 아름답고 더 나은 사회를 만드는 기회가 됩니다. 안나의 집에는 새로운 바이러스의 전염이 시작되었습니다. 사랑, 나눔, 형제애 및 연대의 바이러스! 그리고 이 바이러스는 더 나은 세상을 원하고, 믿고, 만들고 싶어 하는 많은 이들에게 전파되고 있습니다. 저는 이 책을 통해 이 전염병 시대에 안나의 집에서 보고 경험한 많은 아름다운 현실을 증언하고, 새로운 바이러스를 전파하고 싶습니다.

또한 이 책을 통해 한국에서 살아온 30년을 기억하고 싶습니다. 축복받은 기쁜 삶. 지금으로부터 30년 전인 1990년 제가 한국에 왔을 때, 이 나라는 저를 반갑게 맞아주고 사랑하는 아들로 받아들였습니다. 지난 세월 동안의 여정에서 저는 저를 사랑하고 도와주고 동행해준 멋진 사람들을 만나는 기쁨을 누렸습니다.

먼저 오랜 세월 동안 관대함으로 자신의 재산을 공유하고, 제 꿈을 지원해주신 후원자를 기억합니다. 사랑과 열정으로 봉사하는 봉사자들은 식당에 오는 가난한 이들을 환영하고 사랑했습니다. 직원들이 없었다면 이 모든 것을 할 수 없었을

겁니다. 그들의 뛰어난 전문성과 헌신으로, 노숙인 및 거리 아이들을 위한 안나의 집이 운영되고 발전되었습니다.

그동안 제가 만난 모든 사람과 제가 겪은 사건은 저를 축복받은 사람으로 느끼게 해주었고 많은 행복을 주었습니다. 외부 현실이나 많은 물질적 소유에 의존하지 않는 행복! 만족할 줄 모르는 부자들과 스스로 목숨을 저버리는 유명한 사람들이 많이 있습니다. 하지만 제 인생의 경험에서 행복은 지금 이 순간 주변에 있는 많은 아름다운 것들을 맑은 눈으로 바라볼 수 있는, 우리를 둘러싼 멋진 사람들에게서 기쁨을 느끼는 것입니다.

행복은 삶의 모든 순간을 대가 없는 아름다운 선물로 받아들이고, 사랑할 수 있는 순수한 마음을 갖는 것입니다. 살아갈 만한 진정한 가치를 구별할 수 있는 현명한 이성을 갖고,

의미 없고 쓸모없는 것을 거부합니다. 행복은 외적으로 소유하는 것에 있는 것이 아니라 내가 믿는 가치 안에 있습니다. 이를 찾고 인식하고 사랑하는 것은 자신에게 달려 있습니다.

행복은 맑은 눈으로 지금껏 받아온 많은 은혜와 선물, 좋은 일들을 귀중한 보물처럼 마음에 간직하는 것입니다. 단순한 마음으로 주변의 멋진 사람들과 아름다움을 발견하는 것이지요. 그렇기에 행복은 가지지 못한 것에 대해 생각하는 게 아닙니다. 삶의 모든 순간을 특별한 선물로 받아들이고, 사랑할 수 있는 순수함입니다.

행복은 과거의 기쁨을 떠올릴 수 있는 현명한 마음입니다. 우리가 매 순간 용서받고, 사랑받고, 환영받았기에 우리도 신뢰와 희망을 가지고 미래를 바라보는 것입니다.

마지막으로 저는 가난한 사람들을 섬기고 그들과 삶을 나누는 기쁨과 영광을 누렸기 때문에 축복받은 사람입니다. 삶이 아름답다고 가르쳐준 가난한 사람들, 가난한 사람들이 자살하는 것을 본 적은 없습니다.

　고통은 주님의 형벌이 아니라 사물과 삶의 표면에서 멈추지 않고 인간의 존재로 더 깊이 들어갈 기회입니다. 주님은 책에서 연구하는 이론이나 하늘에 있는 먼 사상이 아니라 우리 가운데 사는 분이라는 것입니다. 우리 존재를 이끌어주시는 좋은 아버지이자 어머니입니다. 그렇기에 주님에 대한 저의 경험을 여러분과 나누고 싶습니다. 제 마음에 품고 있는 주님의 이미지를 전하고 싶습니다.

2020.10.28
김하종

"저는 안나의 집에서 만난 이들과 함께 계신 주님을 믿습니다.

글로 배운 주님을 이제는 믿지 않습니다."

저는 믿지 않습니다. 저 먼 곳에 계시는 철학적인 주님을 더는 신경 쓰지 않습니다. 하늘 높은 곳에서 천사와 대천사들, 케루빔과 세라핌의 합창으로 '하느님에게서 나신 하느님, 빛에서 나신 빛, 참 하느님에게서 나신 참 하느님으로서 창조되지 않고 나시어'라고 찬양받으시는 주님을 더는 상관하지 않습니다. 저는 믿습니다. 연약한 아들이 되신 아버지 주님을, 저를 만나기 위해 어린 소녀의 여리고 섬세한 자궁을 택하셨다는 것을 믿습니다.

저는 믿지 않습니다. 전지전능하신 창조주 주님을 더는 신경 쓰지 않습니다. 우주를 마법처럼 만드시고는, 이름 모를 진화의 과정을 무정하게 외면하신 주님을 더는 상관하지 않습니다.

저는 믿습니다. 날마다 세상을 새롭게 창조하시고, 행복한 관계를 맺으시며 사랑과 상상력을 불어넣어주시는 주님을 저는 믿습니다,

저는 믿지 않습니다. 거룩한 멜키체덱과 같은 대사제를, 귀족처럼 하늘에 들어 올려져 희생의 대가로 빛나는 안식처를 요구하시는 주님을 더는 상관하지 않습니다.

저는 믿습니다. 값비싼 전례복을 거부하시고 솔기가 없는 헐렁한 겉옷을 입으시며, 나병 환자들의 아픈 손을 잡아주시고, 고통에 찌든 사람들의 집이나 광장에서 그들과 함께해주시는 겸손한 주님을 믿습니다.

저는 믿지 않습니다. 강력한 천둥 속에 머무시는 천하무적의 주님을 더는 신경 쓰지 않습니다. 모든 적을 물리칠 때까지 싸우고, 파괴하고, 굴욕감을 주고, 파멸시키는 불굴의 주님을 더는 상관하지 않습니다.

저는 믿습니다. 사람의 마음에 다정함과 연민으로 찾아와 원수를 사랑하고 자기를 박해하는 이를 위해 기도하라 하시는, 사람의 마음을 기쁨과 용서로 채워주시는 형제 같은 주님을 믿습니다.

저는 믿지 않습니다. 기도를 미신처럼 읊조리시고, 청원을 들어주는 대가로 엄청난 봉헌을 요구하시는 주님을 더 이상 신경 쓰지 않습니다. 손쉬운 위로와 값싼 축복으로 행복과 건강을 마술처럼 던져주시는 전지전능하신 주님을 더는 상관하지 않습니다.

저는 믿습니다. 기도가 아들과 그를 사랑하는 아버지 사이의 대화임을, 이 단순한 행위가 서로를 향한 신뢰임을 가르쳐주신 주님을 믿습니다.

저는 믿지 않습니다. 인류의 드라마틱한 이벤트에서 멀찍이 떨어져 계시는 주님을 더는 신경 쓰지 않습니다. 사람들의 고통과 전혀 상관없는 무감각하고 덤덤하신 주님을 더는 상관하지 않습니다.

저는 믿습니다. 손바닥에 제 이름을 적어두고 기억하시는, 사랑하는 자녀들의 극심한 고통을 보고 아파하시는 주님을 믿습니다. 스스로 사람이 되시어 비극적 한계인 죽음까지 함께

하시는 주님을 믿습니다.

저는 믿지 않습니다. 주님께서 간악한 적들 위로 거짓과 위선 가득하게 부활하셨음을 믿지 않습니다.

저는 믿습니다. 주님의 고되고 어려운 파스카 신비를 믿습니다. 불신과 의심 그러나 기쁨이 공존하는, 고통과 죽음을 이기신 위대한 부활의 여정을 믿습니다.

"저는 주님께 매료되어
지독한 사랑에 빠져버렸습니다."

주님은 팔레스타인의 먼지 가득한 길을 걸어 부드럽게 다가오셨습니다. 행복과 웰빙의 길은 나눔과 사랑이라고 가르쳐주셨고, 삶의 순간순간에 이를 경험하며 살았습니다. 남들에게 제 자신을 내어주며 느끼는 기쁨을 스스로에게 주는 선물이라고 여기며 지냈습니다.

죄인과 매춘부와 함께 식사하신 주님은 순수하고 흠 없는 제 영혼을 당신을 만나는 조건으로 요구하지 않으셨습니다. 그저 한없이 연약한 죄인인 저를 있는 그대로 받아주고 사랑해주셨습니다. 당신께서 계획하신대로 이루어진 만남부터 저는 주님을 따르고 사랑하려는 열망과 감사한 기쁨에 사로잡혔습니다.

주님은 겸손한 스승이십니다. 주님은 손에 잡히지 않는 가르침을 제시하시거나 난해한 도덕적 지침을 강요하지 않으셨습니다. 호화로운 회당을 원하지도 않으셨습니다. 싱그러운 잔디가 가득한 푸른 언덕에서 평범한 사람들에게 말씀하셨습니다.

"가난한 사람들아, 너희는 행복하다. 고통 받는 사람들아, 너
희는 행복하다. 굶주린 사람들아, 너희는 행복하다. 너희들은
위로를 받을 수 있기 때문이다."

주님은 권세 있는 사람들을 자리에서 내치시고 겸손한 사람
들을 들어 올리셨습니다. 부유한 사람들은 빈손으로 돌려보
내시고, 교만한 사람들을 훑으셨습니다. 보잘것없는 사람들
을 기쁘게 반기시고 배고픈 사람들을 좋은 것으로 배를 불리
시고, 죄지은 사람들을 자비로이 용서하셨습니다.

주님은 차가운 석상 앞에서 부족한 기도를 드리는 것을 필요
로 하지 않으십니다. 자비로이 제 마음의 조용한 한숨 소리를
인지하는 분이십니다. 고통으로 괴로워하고, 희망으로 채워
지기도 하는 제 마음을 주님은 표현하기도 전에 아십니다.

주님은 누덕누덕 기워진 앞치마를 두르시고 배반자 유다 이
스카리옷의 두 발을 사랑스럽게 씻겨주셨습니다. 자신을 고

발한 사람 앞에 무릎을 꿇으시다니…… 얼마나 비극적이고 믿기 어려운 순간인지. 바로 이 순간이 기적이며 놀라운 새 삶이 시작되는 순간이라고 믿습니다. 주님의 나라, 평화와 사랑과 용서라는 새로운 나라가 시작되는 순간!

주님은 부활하신 후 남아 있는 제자들을 호숫가로 불러 모으셨습니다. 주님은 오만한 그들을 책망하지 않으셨고, 그들의 뻔뻔한 비겁함을 꾸짖지 않으셨으며, 그들이 이해하지 못한 믿음의 신학적 진리를 가르치지도 않으셨습니다. 주님은 불 위에 몇 마리의 물고기를 올려놓고 어머니와 같은 사랑으로 부드럽게 말씀하셨습니다.

"밤새도록 일해서 피곤할 터이니 와서 먹어라."

이토록 깊은 인성과 경이로운 신성을 지닌 주님께서는 얼마나 놀라운 분이신지!

주님은 다정하게 받아주시고, 용서하시고, 품어주시며, 속삭이십니다.

"이제부터 너를 종이라 부르지 않을 것이다. 종은 주인이 하는 일을 알지 못하기 때문이다. 이제부터 친구라 부를 것이다."

제가 주님의 친구라니……. 얼마나 엄청나고 신비로운 일인지 모르겠습니다.

불행하게도 현실적인 스케일로 주님을 축소하는 잘못을 여러 번 저질렀습니다. 심각한 듯 주님에 관해 이야기하고 사고하고 설명하면서 주님을, 연구와 이해의 대상으로 한정시키는 제 틀 안의 신학적이고 도덕적 차원으로 말입니다. 이제는 알았습니다. 주님께서는 아주 신명 나는 자유와 기쁨 자체라는 것을요. 주님은 제게 책임감을 느끼고 교류하는 관계 속에서 지금보다 더 아름다운 세상을 함께 만들자고 요청하십니다. 사랑이라는 바탕 위에 세워진 세상을 말이지요. 제가 만난 주님은 살아계신 분이십니다. 저같이 하찮은 존재의 삶 속에서 매 순간 함께 숨 쉬는 분이십니다.

순간의 두려움 매일의 기적

김하종

코로나19 시기 희망의 징조.

새벽의 첫 빛은 거룩하다.

정원의 작고 여린 꽃은 우아하다.

강가에 앉아 물고기의 자맥질 소리에 귀를 기울이는 것은 신비롭다.

만개할 희망을 속삭이는 영혼은 달콤하다.

오늘 다시… 그러나 새롭게 태양이 떠오른다.

꽃들은 그들만의 향기를 품고 피어난다.

강은 새로운 합류를 받아들이며 묵묵히 흐른다.

우리는 일상의 새로운 조각을 꿈꾼다.

1/2일

□
■

28일 화요일

시청 직원 두 명이 안나의 집을 방문했다.

"코로나 바이러스로 인한 사회 분위기도 있고, 주민 민원 등 문제가 많아요. 급식소 운영은 어떻게 하실 건가요?"

"글쎄요, 길에 있는 제 친구들에게 서비스를 계속하고 싶어요. 이 친구들은 갈 곳도 먹을 것도 없거든요. 저는 이들을 돌봐야 할 의무를 느낍니다."

직원들은 식당 안으로 들어가서 음식을 만드는 과정이 절차에 맞는지, 합법적으로 처리하고 있는지 점검했다. 특별히 이상하거나 불법적인 사항이 없음을 확인하고는 돌아갔다. 무슨 일이 있어도 우리의 봉사는 계속되어야만 한다.

30일 목요일

저녁 식사를 하는데 옆에 앉은 노숙인 한 사람이 말했다.

"신부님께서 우리를 위해 음식을 준비해주실 뿐만 아니라 함께 줄을 서 주시는 게 좋아요. 우리 옆에 앉아 함께 같은 밥을 드시는 것은 더 좋고요."

매일 거리의 친구들을 위해 음식을 준비하고, 친구들과 함께 식사하는 건 당연한 일이다. 이 사람들, 이 가난한 사람들이 나의 가족이고 내가 사랑하는 사람들이니까. 그렇기에 특별한 일이 있지 않은 한 함께 식탁에 앉아 같은 음식을 나누곤 한다.

2017년 내 회갑 때에도 사랑하는 친구들과 함께 보냈다. 지금 생각해도 그날, 참 행복했다. 안나의 집 노숙인 자활 센터에서는 "인생은 60세부터~ 제2의 인생을 위하여!"라는 슬로건 아래 입소자 회갑연을 연다. 인생의 한 번뿐인 60번째 생일잔치를 안나의 집에서 치르는 것이다. 입소자들은 이를 평생 기억할 것이며, 사람들의 진심 어린 축하에 따뜻한 정을 느낀 시간이 되었다고 말했다.

2월 6일 목요일

시청의 행정담당 직원 두 명이 다시 방문했다.

"아시다시피 이 지역의 다른 식당들은 코로나 바이러스의 확산을 방지하려고 문을 닫았습니다. 안나의 집은 어떻게 할 계획입니까?"

그들은 코로나 시기에 많은 인원이 모이는 것에 대한 불안감으로 걱정이 많아 보였다.

"앞으로도 힘없는 이 사람들에게 서비스를 계속 제공할 생각입니다."

자유로운 시민인 나한테 시청 직원들이 반드시 식당 문을 닫아야 한다고 강요할 수는 없었다. 그들은 해결점이 없는 것에 난감한 표정을 지으며 돌아갔다. 그렇지만 그동안 운영하던 이발소, 샤워실, 옷 나눔, 학교, 진료소 활동은 중단할 수밖에 없었다. 이제 할 수 있는 건 오직 식당 급식뿐이다.

21일 금요일

내과, 정신과, 치과와 통증의학과 무료 진료가 있는 날. 중원구 보건소와 순천향대학 병원, 삼성의료원, 함께하는 정신의원에서 선생님이 파견되어 봉사해주었다. 면역력이 약해 감염될 확률이 높은 노숙인 친구들을 지키기 위한 음식 제공도 어김없이 이루어졌다. 저녁 식사를 마치고 나갈 때 내일 아침 식사 대용으로 사과와 우유도 함께 제공했다. 무료급식을 중단하는 것보다는 약한 사람들의 건강을 지켜주는 것이 국민들에게 더 안전하다고 생각한다.

22일 토요일

코로나19로 나라 안의 상황이 끔찍하게 악화하였다. 코로나 바이러스에 감염된 사람들은 엄청나게 증가했고, 정부는 공공기관을 폐쇄하고 콘서트, 행사, 종교 회의 등 사람들의 집회를 금지했다. 성당 역시 문을 닫아야만 한다.

23일 일요일

휴일 저녁이었지만 여기저기에서 식당을 폐쇄하라는 메시지를 받았다. 시청 담당자에게 연락해 안나의 집 상황을 전달하였다. 해결책을 모색하기 위해 내일 시장과의 면담도 요청했다. 급식소 밖에서라도 식사를 할 수 있게 도시락을 제공할 자금도 부탁할 예정이다. 대통령령으로 가능하다던데…….

스포츠는 하지 않아도 살 수 있기에 체육관은 닫을 수 있다. 음악 같은 문화생활이 없이도 삶은 이어지기에 공연이나 콘서트를 금지할 수 있다. 초, 중, 고뿐만 아니라 대학은 일정 기간 문을 닫아도 온라인으로 공부할 수 있다. 교회가 문을 닫아도 대다수의 신자들은 집에서 기도를 통해 예수님을 만날 수 있다. 그러나 기아는 그 어떤 대통령령으로도 해소될 수 없다.

가난한 거리의 550명에게 음식을 제공하는 식당이 문을 닫는다면, 이 중 70%는 안나의 집에서 제공하는 식사가 하루의 유일한 한 끼인데 문을 닫아버린다면…….

음식이 없으면 이 극한 상황에서 살아남을 수 없다. 특히 의료진뿐만 아니라 코로나 바이러스에 감염될 가능성이 낮은 건강한 사람들까지 마스크를 잘 착용하고 손을 제대로 씻고 잘 먹는 것이 좋다.

무엇을 해야 할지, 어떻게 해야 할지 방법을 고민하느라 뜬 눈으로 밤을 새웠다. 오늘, 노숙인들에게 내가 가장 필요한 이 시기에 함께하지 말라는 압력을 받은 일이 생겼다. 그러나 지난 28년 동안 나의 사랑하는 가족이자 형제였던 이들을 버릴 수 없다. 또한 이 가난한 사람들을 도와주는 것은 모든 시민을 보호하는 일이다. 이들이 잘 먹고 건강해 코로나 바이러

스에 감염되지 않으면 이를 다른 사람들에게 전염시킬 확률
이 낮아지기 때문이다. 그렇기에 이들을 계속 돌보는 것은 도
시 전체를 돌보는 것과도 같다.

24일 월요일

시장과 직접 면담은 성사되지 않았지만, 어떻게 해야 할지
논의하기 위해 두 명의 담당 공무원이 방문했다. 그들은 노숙
인에게 제공할 도시락을 위한 특별한 재원은 없다는 성남시
의 입장을 전달했다. 모든 것이 오직 내 몫으로 맡겨졌기에
조금 실망했다. 경제적 지원도 없이 그들은 어려운 선택에 대
한 도덕적 책임까지 어깨에 짊어주었다.

코로나 바이러스의 위험한 전염 가능성을 피하고자 구내
식당을 폐쇄하라는 시의 제안을 따르는 것도 맞고, 하루에 유
일하게 한 끼의 식사만을 하는 550명의 가난한 이들에게서
등을 돌려서는 안 된다는 마음도 간절하다. 직원들과 함께 논
의한 결과 도시락을 제공하기로 했다. 공중 보건을 위험에 빠
뜨리지 않으면서도, 사랑하는 거리의 친구들을 버리지 않을
유일한 방법이다. 이 해결책은 더 심각한 재정적 어려움과 더

많은 육체적 노력이 필요하겠지만…….

사실 심리적으로 많은 부담을 느낀다. 급식소를 닫기 원하는 사람들의 마음을 이해한다. 앞으로 일어날 좋지 않은 일에 대해 아무도 책임을 지고 싶어 하지 않는다. 또한 이웃들은 안나의 집을 폐쇄하라는 메시지를 여러 차례 보냈다. 그들은 자신의 집 근처에 가난한 사람들이 모이는 걸 두려워한다. 지나가는 내게 욕을 하고 구두로 공격하기도 했다. 심지어 몇몇 노숙인 친구들조차 불평할 때가 있다. 음식이 충분치 않다, 춥다, 테이블에 앉아 편안히 먹었으면 좋겠다…….

나는 선한 목자이신 예수님을 따르기로 작정한 사제다. 그렇기에 아무리 위험한 순간이 와도 양 떼를 버릴 수는 없다. 예수님 앞에서 내가 맡은 사람들을 보호하고 돌보는 것이 나의 의무다. 지난 세월 동안 나에게 맡겨진 잃어버린 양과 가난한 양의 운명을 저버릴 수 없었으며, 내 삶을 내어주려 노력했다. 그렇지만 전염병 앞에서는 내 건강조차 두려워진다. 상당한 위험을 감수하도록 부름을 받은 직원들도 걱정된다. 이곳에 오는 자원봉사자들도 걱정된다. 두 어깨에 큰 책임감이 느껴진다. 매일 새벽 3시면 잠에서 깨어난다. 잠잘 때도 악몽으로 가득한 꿈을 꾸어서 온몸이 땀으로 젖을 때가 많다.

그러나 이 형제들과 자매들, 이 순례의 동반자를 버릴 수 없다. 28년 동안 함께 살고, 함께 먹고, 눈을 맞추며 대화했던 그들은 사랑하는 가족이니까. 그래서 많은 회의, 토론 끝에 실내에서의 모임을 피하기 위한 도시락을 준비하기로 한 것이다. 첫날이라 매우 피곤했다. 도시락을 싸기 위한 준비가 미흡하고 체계화되지 않아 서툴렀지만, 650인분의 식사를 준비하고 나눌 수 있었음에 감사하다.

25일 화요일

자원봉사자들에게 코로나 바이러스 감염을 예방하기 위해 봉사하러 오지 말라고 연락했다. 대신 안나 집에 있는 모든 직원에게 주방 일을 도와달라고 부탁했다. 이들은 기꺼이 자신을 내어주었다. 오후 1시부터 저녁을 준비했다. 일손이라고는 몇 명의 직원밖에 없고, 할 일은 많아 매우 걱정이 되었다. 그런데 하나둘씩 마법처럼 자원봉사자들이 찾아왔다. 도움을 주려고 찾아온 봉사자들은 놀랍게도 32명이나 되었다. 우리는 함께 750개의 도시락을 준비하여, 오후 3시 30분에 기쁨을 담아 친구들에게 나누어주었다.

　주변 사람들이 주는 부담, 바이러스에 대한 두려움, 지금의 상황에 대한 도덕적 책임이 나를 힘들게 한다. 여기에 경제적 문제까지. 성남의 거의 모든 급식소가 문을 닫아서, 하루에 약 750명에서 800명가량의 손님을 맞이하고 있다. 퇴근 후 예수님 앞에서 눈물을 흘렸다.

　"주님, 저는 의심이 많고, 갈등은 제 마음을 괴롭힙니다. 다른 사람들이 옳고 제가 틀린 것일까요? 제가 오만한 짓을 하고 있지는 않은가요? 너무 주제넘지는 않은지요?"

　질문들이 영혼 안에서 충돌하는 동안 소리 내 울었다. 또다시 잠 못 드는 밤을 보냈다.

　오늘은 안나의 집에 아름다운 젊은 대학생들이 찾아왔다. 코로나 바이러스 때문에 수업이 연기되어 자원봉사를 하러 왔단다.

　마태오복음 4장 11절에 "천사들이 다가와 그분의 시중을 들었다."라는 구절이다. 천사는 사람들 가까이에 와서 그들을 섬긴다. 오늘 온 젊은이들은 천사처럼 행동했다. 그들은 가난한 사람들에게 가까이 와서 이들을 섬겼다. 오늘 안나의 집을 방문한 젊은이들은 식당에 온 진짜 천사가 아니었을까?

29일 토요일

오후 1시 도시락 작업을 시작하기 전 37명의 자원봉사자가 안나의 집에 찾아왔다. 이들은 용기와 사랑으로 식사를 준비했다. 이건 연대의 기적이다. 음식을 만들다가 잠시 멈추고 사람들을 바라보았다. 마스크를 쓴 채 가난한 친구들을 위해 최선을 다해 일하는 모습, 모든 사람이 묵묵히 도시락을 준비하는 모습에 감동했다. 오후 4시부터 6시까지 모든 음식을 나눠드렸다. 처음에는 센터 앞 성당의 닫힌 철문 사이로 보이는 수많은 노숙인의 모습에 놀랐는데, 감사하게도 이들에게 저녁을 나눠줄 42명의 자원봉사자가 있어서 가능했다. 봉사자 몇몇은 가톨릭 신자이고, 어떤 이들은 불교도이고, 종교가 없는 사람들까지……. 심지어 무속인도 가장 가난하고 힘없는 사람들을 돕기 위해 모였다. 다양한 사람들을 불러 모으고 단결시키는, 살아 있는 사랑을 보는 것은 참 멋진 일이다.

3월

□
■

2일 월요일

오늘도 가난한 사람들을 위해 750개의 포장된 저녁 식사를 준비했다. 오늘의 복음은 마태오복음 25장 35절 "너희는 내가 굶주렸을 때에 먹을 것을 주었고, 내가 목말랐을 때에 마실 것을 주었으며, 내가 나그네였을 때에 따뜻이 맞아들였다."이다. 안나의 집은 복음에 관해 이야기하지 않는다. 그러나 언제나 그 가르침대로 살기로 한다.

3일 화요일

아름다운 인생. 마음 안에서 깊은 행복을 느낀다. 나의 오늘은 멋졌다. 껍질을 벗긴 감자 20kg, 얇게 썬 양파 10kg, 자른 당근이 8kg. 내가 한 일의 결과물이다. 하루의 모든 순간을 사랑과 열정으로 보냈기에 아름답다. 가슴에 가득 찬 기쁨을 다른 사람에게 자신있게 전해주는 것이 진정한 행복의 비결이라고 믿는다.

4일 수요일

도시락을 전달할 마땅한 장소가 없어서 어쩔 수 없이 인도에서 나눠드렸다. 이로 인해 주변에서 끊임없이 민원이 제기되었고, 하루에 한 번 꼴로 시청과 구청 공무원, 경찰이 방문하여 민원을 중재하곤 했다.

물론 매일 도시락 650개 정도를 만들고 나누는 일이 쉽지는 않다. 그런데도 도시락 지급을 중단할 수 없는 건 배고픈 이들에게는 하루 유일한 한 끼이기 때문이다.

안나의 집은 2차선 도로변에 있다. 차가 쌩쌩 다니는 도로 옆에서는 도시락을 받는 것도 위험하고, 쭈그려 앉아 식사하는 것도 위험하다. 무엇보다도 빗발치는 민원에 언제까지 운영할 수 있을까 고민이 많이 되었다.

그러던 중 안나의 집과 오랫동안 인연을 맺고 있는 성남동 성당 최재철 신부님이 멋진 제안을 해주셨다.

"주변의 민원으로 아주 힘드시지요? 도시락을 받기 위해 일찍부터 기다리는 분들도 있고, 거리에서 저녁 식사하는 분들도 많던데, 우리 성당 마당에서 도시락을 나눠드리고 식사도 하실 수 있게 하는 건 어떨까요?"

순간 나는 기도했다. '하느님, 감사합니다. 안전하게 도시락

을 주고받을 수 있고, 식사까지 할 수 있는 장소를 마련해주
셔서 진심으로 고맙습니다.' 성남동 성당의 배려 덕분에 민원
은 많이 줄었고, 코로나 안전수칙을 지키며 도시락을 나눠줄
수 있게 되었다. 정말 감사하다.

5일 목요일

가난한 이들을 섬기는 것은 기쁨이다. 28년 전 난 앞치마
를 두르고 빗자루를 들었다. 이후 노숙인을 위한 식당에서 나
눔과 환대로 이루어진 단순하고 낮은 삶을 살았다. 놀랍게도
평화와 행복의 멋지고 기쁜 삶이 나를 둘러싸고 있다. 이것은
계산이나 욕구가 아닌 자신을 내어주는 기쁨과 행복이다.

'받는 것보다 주는 것이 더 행복하다.'

이는 나의 경험에 비춰볼 때 완벽한 사실이다. 이 위대한 선물을 주신 주님께 감사드린다.

6일 금요일

280년. 마르타, 루치아, 데레사, 모니카 자매님의 나이를 합친 숫자이다. 이 네 명의 여성은 우리 식당의 네 기둥이다. 사랑스러운 자매님들은 코로나 바이러스가 퍼지기 시작한 후 매일 오전 10시에 급식소에 와서 문을 닫을 때까지 일한다. 자매님들의 의연한 모습이 신기하여 변함없이 봉사하는 이유를 물었다.

루시아 자매님은 웃으며, "처음에는 솔직히 많은 사람이 모이기 때문에 무서웠어요. 하지만 노숙인들을 위한 음식을 준비하기 위해 제가 오지 않는다면, 누가 이들을 돌볼까요? 다른 급식소들이 거의 문을 닫았으니 이분들은 어디에서 끼니를 해결할까요? 혜택을 받지 못할 형제님, 자매님을 생각하면서 매일 봉사할 힘을 얻지요."라고 말했다. "예전부터 계속 자원봉사를 해왔지만, 요즘은 도움이 더 필요하다는 시기라는 깨달았어요. 그래서 가난한 사람들을 위해 여기에 매일 오고 있어요."라고 모니카 자매님은 이야기했다. 데레사 자매님은 "제 나이는 76살이에요. 그동안 살면서 참 많은 것을 받았어요. 전염병이 창궐하는 시기에 젊은이들은 안전하게 집에 있는 게 맞지만, 저처럼 삶에서 많은 것을 받은 노인들은 도움이 필요한 이들에게 감사한 마음으로 봉사해야 합니다."라고 말했다. 마르타 자매님도 "급식소에 왔다가 집에 돌아가면, 몸은 피곤하지만 영혼은 기쁨으로 가득 차 있어요. 자원봉사는 다른 사람들에게 좋은 일을 하는 것뿐만 아니라 자신을 아름답고 행복하게 만들어 준답니다."라고 대답해주었다.

받는 것보다 주는 것이 더 큰 기쁨이라는 예수님의 말씀을 이분들과의 대화에서 느낄 수 있어 행복했다.

7일 토요일

마태오복음 6장 11절은 "오늘 저희에게 일용할 양식을 주시고"이다. 오늘 우리 급식소에서도 문 앞에서 기다리고 있던 750명의 가난한 사람들에게 도시락을 주기 위해 열심히 노력했다. 그들뿐만 아니라 주님께서는 우리 모두에게 일용할 양식을 주셨다.

9일 월요일

오늘도 780인분의 음식을 준비했다. 다른 급식소들이 문을 닫아서 평소보다 더 많은 노숙인들이 센터로 찾아온다. 저녁 6시쯤 780개의 도시락 나눔이 전부 끝났다. 뒤늦게 두 명의 노숙인이 와서 배가 고프니 저녁 도시락을 달라고 했다. 남은 게 아무것도 없다고 했지만, 그들은 간절하게 "신부님, 저희는 배가 너무 고파요."라는 말을 되풀이했다. 급식소에 있는 모든 것을 나누어서 정말 아무것도 없었다. 심지어 예비로 갖고 있던 초코파이마저도 다 내어준 상태였다.

어쩔 수 없이 이들을 빈손으로 돌려보냈다. 그리고 집으로 돌아가는 차 안에서 많이 울었다. 슈퍼에 가서 요기가 될 만한 것을 사서 전했어야 했지만, 그 생각을 미처 하지 못했다. 마음이 너무나 아프고 아렸다.

10일 화요일

2015년 메르스가 한창이었을 때도 안나의 집은 도시락을 만들어 매일 나누었다. 코로나 시기인 지금도 마찬가지다. 삶의 시련과 고통을 겪는 사람들을 위해 물러서지 않고, 멈추지 않고, 함께하는 것이 안나의 집 전통이기 때문이다. 메르스가 퍼졌을 때는 전염성이 높지는 않았지만 매우 치명적이었다. 그 시기에 식당을 닫지 않고 믿음과 용기를 가지고 도시락 나눔을 했던 것처럼 이번에도 도시락을 준비해서 배분하는 것을 계속할 것이다.

11일 수요일

쓰레기를 버리기 위해 길을 건너고 있을 때였다. 어떤 사람들이 크게 소리치며 화를 내었다.

"당장 이 사람들한테 음식 나눠주는 거 멈추세요! 당신이 이 동네에 바이러스를 옮기고 있어요. 우리 모두를 병들게 하잖아요!" 이 말이 비수가 되어 마음을 찔렀다. 많이 아팠다. 평소 친하게 지냈던 몇몇 친구들도 멀어지고 있다는 걸 느끼고 있었는데……. 그들에게 나는 매일 750명의 노숙인을 만나는 '위험한 사람'이구나. 그들을 이해는 하지만 참 쓸쓸하다. 영혼이 고독으로 꽉 찬 것 같다.

13일 금요일

정부에서는 연신 사람들이 붐비는 장소는 위험하므로 가지 말라고 권고한다. 그럼에도 48명의 자원봉사자가 안나의 집을 찾아왔다. 이 멋진 사람들은 코로나 바이러스에 대한 두려움은 한쪽으로 접어두고, 힘없는 사람들을 위해 자신들의 에너지를 나누었다.

'두려움'의 반대는 '용기'가 아니라 '믿음'이다. 예수님을 믿는 그리스도인은 비록 인간적으로 두려움 속에 살더라도, 힘이자 희망이신 예수님과 함께 이를 극복해야 한다. 예수님처럼 가장 작은 이들을 섬기고 사랑해야 하는 것도 반드시……. 안나의 집으로 자원봉사를 온 사람들은 믿음을 실천한 천사이다. 날마다 가난한 이들을 섬기고 사랑하러 오는 봉사자들은 정말 놀랍고 신기한 기적이다.

17일 화요일

날씨 때문에 걱정하며 식당에 갔다. 비가 억수같이 쏟아지는 상황이라 어떻게 보낼지 좀 막막했기 때문이다.

다행히 어떤 기업에서 우유를 보내줬다. 우리의 활동에 보탬이 되라고 보내준 우유를 전부 나누어주었다. 또 맛있는 쿠키와 빵을 보내준 분도 있었다. 거액의 후원금을 제안하러 어떤 신사분이 안나의 집을 방문했다. 세상에나. 상상할 수도 없는 경이로움과 기적의 연속인 하루였다. 자발적으로 찾아와준 36명의 자원봉사자까지. 그중에는 코로나로 등교가 제한되어 봉사하러 온 젊은이들도 몇 명 있었다.

날마다 주님께서 주신 커다란 은총과 기적을 목격하고, 이를 증언하며 살아간다. 또한 주님을 통해 하나로 연결되어 살아가는 공동체라는 것도 느낀다.

18일 수요일

어제부터 계속 비가 내려서 날이 쌀쌀하다. 음식을 준비하는 게 어렵긴 하지만, 춥고 비가 올 때 밖에서 기다리는 친구들은 우리보다 훨씬 더 힘이 든다. 그 모습을 바라보고 있자니 고통이 전해져 마음이 시리고 추워졌다. 결국 따뜻한 옷과 바람막이를 필요한 사람들에게 나누어줬다.

19일 목요일

"수녀님 또 오셨어요? 어떻게 또 오셨어요?"

안나의 집에서 봉사하고 있는 수녀님 두 분에게 물었다. 파티마의 성모 프란치스코 수녀회 소속인 수녀님들은 사순시기 동안 하루에 한 끼를 금식하여 모은 돈으로 김치와 빵을 사서 안나의 집을 방문했다. 수녀님들은 이러한 희생을 통해 어려운 사람들과 하나가 되고 싶다고 했다. 너무도 아름다운 그리스도인이자 수도자의 모습이다.

22일 일요일

쉬는 날에는 자전거를 타고 강변을 돌아다니는 것을 즐긴다. 잠시 멈춰선 곳 건너편에 63빌딩이 있었다. 63빌딩은 단단한 기초 위에 세워져 안전하고 견고해 보이지만, 안개가 가득한 날에는 시야에서 사라져버린다. 주님도 살아 계신다. 확실하고 분명한 존재이시지만, 고통의 안개로 인해 사람의 눈이 흐려지면 그분을 볼 수가 없다. 주님은 코로나 바이러스로 인해 어려움을 겪고 있는 지금도 우리 가운데에 함께하신다. 그렇다. 나는 살아 계신 주님을 느끼고, 주님은 나의 생애 내내 동행하시며 보호해주신다. 나도 다른 사람들처럼 두려움에 떨지만, 예수님에 대한 믿음으로 용감히 살아간다. 그렇기에 그리스도인에게 두려움의 반대는 믿음이다.

"주님, 저는 당신을 믿습니다. 아멘!"

25일 수요일

성남 중원경찰서에서 자원봉사를 하러 왔다. 경찰서장님과 35명의 경찰관은 가난한 사람들을 위해 그들의 하루를 내어줬다. 정성껏 도시락을 만들었을 뿐만 아니라 후원금까지 주었다. 참 감사한 분들이다.

26일 목요일 : 나 또한 두렵다.

11시에 전화를 받았다.

"저희는 *** 기업입니다. 저희가 오후 1시 안나의 집에 봉사하러 가겠다고 말씀드렸습니다."

"네, 여러분을 기다리고 있습니다."

"죄송한데, 저희가 못 갈 것 같습니다."

"왜 못 오시죠? 여러분이 오시지 않으면 도시락을 준비하는데 차질이 생깁니다. 시간이 급박해서 여러분을 대신할 자원봉사자를 다시 구할 수도 없습니다."

"네, 이해는 합니다만, 저희 직원들이 두렵다고 하네요. 코로나 바이러스의 감염 위험이 높은 상황에서 봉사하러 가는 게 영 내키지 않는다 하더군요."

"네, 알겠습니다."

입으로는 이렇게 말했지만 내 마음 안에서 속삭인다. '저역시 두렵습니다.'라고……

맞다. 나도 두렵다. 사람인데 어떻게 두렵지 않을까? 그런데 왜 2월부터 노숙인들과 가난한 노인들, 사회에서 소외된이들을 위해 650개의 도시락을 준비했을까? 노숙인들이 예방조치 없이 도시를 돌아다니기에 코로나 바이러스에 쉽게 전염될 수 있고 전파의 위험도 높다는 것을 알고 있다. 그런데 내 안에 존재하는 두려움에도 불구하고 매일 급식소에 가는 이유는 무엇일까?

첫째, 이것은 개개의 정의와 시민의 의무와 관계된 문제이다. 사회에서 소외되거나 배제된 가난한 사람들을 모른 척하는 것은 옳지 않다고 생각한다. 이들을 도울 사람이 거의 없으며, 정부가 돕는 데는 한계가 있다. 이들이 버려져서는 안 된다. 가정에서 아이 중에 연약하고 아픈 아이가 있다면, 부모는 아픈 아이를 먼저 챙긴다. 그렇기에 대가족인 사회에서도 가장 약한 사람부터 관심을 가져야 한다. 지금은 매우 어려운 시기이며, 이 친구들이 정상적으로 먹지 못하게 되면 문제가 확대될 확률이 높다. 이들의 면역체계가 무너져 코로나바이러스에 쉽게 감염되면 다른 시민에게 전염되기 쉬우므로, 노숙인들을 돌보는 것은 큰 섬김이다. 사회 전반에 반드시 이루어져야 할 섬김!

둘째, 아무도 혼자 살 수 없음을 인식해야 하는 것과 관련되어 있다. 코로나 시기는 모두에게 어려운 시기이다. 이때

서로가 가진 재능을 공유하여 어려움을 극복하기 위해 노력해야 한다. 정부는 정부의 역할을 다해야 하고 의사, 간호사, 경찰관, 소방관 등등 각자 자신의 역할을 해야 한다. 개개인들도 능력, 시간, 자산, 아이디어 등 자신이 가진 것을 나누고 함께하도록 부름을 받았다. 힘을 모아 협력하는 것이 요즘을 살아가는 방법이다. 한 끼 식사를 위해 열심히 일하는 자원봉사자들, 식자재와 음식을 무료로 가져다주는 회사들, 헌금을 희사하는 후원자들처럼……. 나눔을 통해서 희망과 기쁨이 각자의 마음에 샘솟아날 때 더 나은 사회를 만들 수 있다.

셋째, 두려움은 삶의 기준이 될 수 없다는 걸 알기 때문이다. 두려움을 느끼는 것은 자연스러운 일이고, 더 큰 위험으로부터 자신을 보호해준다. 그러나 우리는 두려움 앞에서 멈출 수가 없다. 모든 의사, 간호사, 경찰관, 소방관 등이 코로나바이러스의 두려움 앞에서 할 일을 멈춘다면 어떻게 될까? 그렇기에 사회 공동의 이익을 위해 이들은 두려움을 극복하고 나아간다. 이들의 결단과 희생으로 세상은 아름답고 정의롭고 조화로운 공동체로 거듭나게 되는 것이다.

넷째, 사실 나는 자신을 위해 자원봉사를 하고 있다. 봉사는 내게 도움이 필요한 사람들을 반겨주고 사랑하고 섬기는 행복을 주기 때문이다. 28년 전 처음으로 앞치마를 둘렀다. 이후로 가난한 사람들을 위해 부엌에서 하루를 보내고 있다. 내 삶은 기쁨과 만족으로 가득하다. 중요한 일을 해서가 아니라 사랑을 통해 행복한 사람이 된 것 같아서다. 참되고 이타적인 사랑만이 행복을 주니까.

또한 내 인생의 순간순간에서 작고 별 볼 일 없는 것조차 사랑한다. 70, 80년의 촘촘한 전체 삶은 추상적인 철학적 개념으로, 내게는 존재하지 않는다. 다만 주어진 순간, 바로 이 순간, 지금 그리고 여기만이 존재한다고 믿는다. 무엇을 하든 상관없지만 지금 이 순간을 얼마나 큰 사랑과 기쁨으로 살고 있는지가 진정한 행복의 원천이라는 걸 알기 때문이다. 책에서 공부한 것도, 누군가에게 들은 것도 아닌 28년의 경험이 내게 알려준 것이다.

다섯째, 사랑의 바이러스 때문이다. 나는 코로나 시기가 마냥 나쁘거나 절망적이라고는 생각하지 않는다. 경제적 · 심리적·사회적 관점에서 보면 어려운 시기인 것 맞다. 하지만 나눔, 사랑, 존중, 환경과 형제애, 소외된 이들을 위한 섬김을 바탕으로 새롭고 나은 사회를 준비하는 시기가 될 수 있다. 잘 살도록 노력한다면……. 안나의 집은 이 어려운 시기를 좋은 기회로 생각하고 있다. 서로의 삶에 더 깊이 들어가 함께하는 사회를 만드는 기회를 경험하고 있다. 안나의 집에서 새롭고 강력한 바이러스의 전파가 시작되었다. 사랑과 연대의 바이러스!

27일 금요일

정부의 보조금으로 살기는 하지만 노숙을 하는 시각장애인 친구가 다가와 말을 건넸다.

"이탈리아에서 코로나 바이러스로 인해 많은 사람이 감염되어 죽었다는 얘기를 들었어요. 매우 속상하네요."

그러고는 지갑을 열어 얼마의 돈을 꺼냈다.

"이건 여기보다 그곳에 더 필요한 것 같아요. 이탈리아로 보내세요. 저도 당신의 어머니를 위해 기도합니다."

순간 사랑하는 어머니가 떠올랐다. 86세 고령으로 혼자 살고 계신 어머니. 코로나 바이러스 감염자와 사망자가 많은 이탈리아의 어머니를 위해, 장남이지만 아무것도 할 수가 없어서 송구스럽다. 그럼에도 사랑하는 어머니를 기억하고 기도하는 누군가가 있다는 걸 알게 되어 큰 위로를 받았다. 이 친구가 떠날 때 진심어린 감사의 눈물이 주르륵 흘렀다.

28일 토요일

"신부님, 드릴 말씀이 있는데요."라며 60대 정도 되어 보이는 자매님이 정중하게 요청하였다. 사무실로 들어가 자리를 권하고 커피를 준비하는데, "저는 매우 가난한 가정에서 자랐어요. 식당에서 설거지, 청소, 홀 서비스 등 궂은일을 하면서 살아왔어요. 그래서 은행 계좌도 하나 없습니다. 대신 돈이 생기면 금을 샀어요. 금을 모으는 것이 저축이라고 생각했거든요. 그런데 코로나 바이러스로 모두가 힘든 시기에 저 자신만 생각할 수는 없더라고요. 그래서 가지고 있는 금을 기증하면, 노숙인들에게 음식을 나누는 데 도움이 될 거라 생각했어요."라고 말하였다. 그러면서 금이 든 상자를 건네주었다.

"이걸 팔아서 당신의 가난한 친구들을 위해 사용하세요."

아무 말도 할 수 없었다. 떨리는 손으로 받아든 상자에는 금이라는 귀중품보다 훨씬 더 가치 있는 소중한 마음이 들어 있었기 때문이다.

귀한 마음까지 친구들에게 전하겠습니다. 고맙습니다.

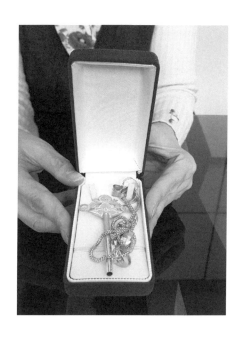

안나의 집에서는 매일 음식을 만드는 봉사를 시작하기 전에 같이 기도한다.

사랑의 예수님은 성실한 우리의 친구입니다. 아픈 사람을 볼 때마다 예수님도 똑같이 아파하셨습니다. 사실 어느 날 이런 일이 생겼습니다.

마르코복음 5장 21절~42절 (한 명이 읽는다)

예수님께서 배를 타시고 다시 건너편으로 가시자 많은 군중이 그분께 모여들었다. 예수님께서 호숫가에 계시는데 야이로라는 한 회당장이 와서 예수님을 뵙고 그분 발 앞에 엎드려, "제 어린 딸이 죽게 되었습니다. 가셔서 아이에게 손을 얹으시어 그 아이가 병이 나아 다시 살게 해 주십시오." 하고 간곡히 간청하였다.

예수님께서 아직 말씀하고 계실 때에 회당장의 집에서 사람들이 와서는, "따님이 죽었습니다. 그러니 이제 스승님을 수고롭게 할 필요가 어디 있겠습니까?" 하고 말하였다.

예수님께서는 그들이 말하는 것을 곁에서 들으시고 회당장에게 말씀하셨다. "두려워하지 말고 믿기만 하여라." 그들이 회당장의 집에 이르렀다. 안으로 들어가셔서 그들에게 "어찌하여 소란을 피우며 울고 있느냐? 저 아이는 죽은 것이 아니라 자고 있다." 하고 말씀하셨다. 그들은 예수님을 비웃었다.

예수님께서는 그들을 다 내쫓으신 다음, 아이 아버지와 어머니와 당신의 일행만을 데리고 아이가 있는 곳으로 가셨다. 그리고 아이의 손을 잡으시고 말씀하셨다. "탈리타 쿰!" (이는 번역하면 '소녀야, 내가 너에게 말한다. 일어나라!'라는 뜻이다)

그러자 소녀가 곧바로 일어서서 걸어 다녔다. 소녀의 나이는 열두 살이었다.

"살아계신 예수님! 오늘 우리는 당신께 기도드리려고 모였습니다. 아이의 아버지에게 "두려워하지 말고 믿기만 하여라!" 말씀하신 것처럼, 오늘 우리에게도 같은 말씀을 주십니다.

우리는 예수님 당신을 믿고 있기에 코로나 바이러스가 두렵지 않습니다. 그러나 예수님 당신께서 우리 손을 잡으시고 "탈리타 쿰(일어나라)"이라고 말씀해주세요. 이러한 어려운 상황이 빨리 없어지도록 도와주소서.

이 모든 기도 우리의 소망을 담아 예수님께 기도드립니다. 아멘! (다 같이)

김 마르타 자매님은 75세로 몇 해 전부터 안나의 집에 가난한 이들을 위해 봉사하러 온다. 그런데 코로나 바이러스 감염이 전국적으로 확산되면서 오히려 자매님은 직원들보다 매일 일찍 급식소에 온다. 연세가 드신 분들에게 더 쉽게 바이러스가 전염될 수 있기에, 우리의 환경은 늘 위험이 따르기에, 덜 나오시면 좋겠다고 부탁하였다. 자매님의 건강이 매우 걱정되었기 때문이다.

그런데 자매님은 점잖지만 단호하게 대답하였다.

"지금의 상황을 저와 제 가족들은 정확하게 알고 있어요. 가족들과 함께 의논해서 내린 결론은 구체적인 나눔을 해야 한다는 것이었어요. 지금 같은 극한의 상황에서는 피상적이고 공허한 위로가 아니라 실제적이고 따뜻한 실천이 필요하니까요."

칠순의 노인으로부터 얻은 교훈이 얼마나 훌륭한지……. 마르타 자매님의 모습이 너무나 아름다웠다.

4월

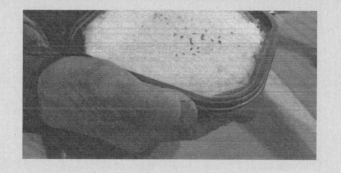

□
■

6일 월요일

요한 형제님은 성공한 기업가이다. 그는 직원이 200명이나 되는 큰 회사를 운영하고 있다. 좋은 집과 좋은 자동차를 가지고 있으며, 유명한 레스토랑에서 식사하고, 고급 호텔에 머물면서 골프를 치는 등 편안하고 안락한 삶을 살았다. 안나의 집을 방문하기 전까지는 말이다.

"안나의 집에 봉사하러 온 순간, 제 삶은 완전히 바뀌었습니다. 여기에 오기 전까지 한국에 이렇게 가난한 사람이 많다는 걸 전혀 몰랐습니다. 또한 다른 사람들을 위해 봉사하는 너그러운 사람들이 이렇게 많다는 것도 상상조차 하지 못했습니다. 아주 큰 충격을 받았습니다.

이후 운전기사를 대동해 출근하는 것을 멈추고 대중교통을 이용하기 시작했습니다. 더 이상 골프를 치지 않았고, 비싼 식당과 고급 호텔도 가지 않았습니다. 그동안 저축한 돈 전부와 매달 쓸쓸이를 아껴 모은 돈을 월말에 기부하고는 합니다. 지난 5년 동안 매주 토요일과 모든 휴일을 봉사하며 보냈습니다. 예전의 삶을 그리워한 적은 없어요. 지금처럼 행복한 적이 없으니까요."

그는 사람들이 꺼리는 악취를 풍기는 하수도를 청소하고, 냄새나는 노숙인들의 양말을 갈아 신기며, 안나의 집 주방 구석구석을 청소한다. 그 모습에 나는 늘 깊이 감동한다. 그는 훌륭한 봉사자이고, 온유한 사람이며, 소중한 친구이다. 때때로 내가 피곤해 보일 때 나를 안아주며 그는 말한다.

"맥주 한잔하러 갑시다!"

요한 형제님의 진정한 사랑과 친밀한 우정에 감사를 표한다.

9일 성목요일 : 경이로운 날

가톨릭교회에서는 성삼일이 시작되었다.

전능하신 주님은 비열한 배신자 앞에 무릎을 꿇으셨다. 테이블에서 일어나 앞치마를 입고, 꿇어앉아서, 하인들처럼 유다의 발까지 씻어주셨다. 전지전능하고 자비로우신 주님만이 자신을 겸손하게 낮추시어, 원수에게 위대한 나눔을 하셨다.

어떻게 사람들은 코로나 바이러스가 죄 많은 인간에 지친

신의 처벌이라고 얘기할 수 있을까? 내가 만난 주님은 무한한 자비와 섬세한 연민의 신이다. 주님은 박해자를 판단하지 않으신다. 용서하시기 때문에 반역자를 위해 목숨을 내놓는 사랑을 하시는 분이다.

10일 성금요일 : 잊을 수 없는 하루

예수님의 인격 안에서 하느님은 엄청난 고통을 겪은 후 돌아가셨다. 어둠의 성금요일에는 모든 것이 끝난 것 같다. 예수님이 돌아가셨으니 말이다. 십자가상 죽음으로 예수님은 인간의 마지막이자 가장 극적인 차원을 함께하셨다. 이제는 죽음 속에서도 주님이 현존하고 계신 것을 안다. 그렇기에 주님 없이는 그 어떤 것도 존재하지 않고, 고통과 죽음조차도 무의미하다. 예수님의 죽음을 통해 우리와 만나고 함께 아파하시는 주님의 신비에 침잠하게 된다. 끔찍하고 암울한 코로나 바이러스는 주님의 버림이나 벌이 아니라, 그분의 자비로움을 경험하는 매개체이다.

지금 이 순간부터 예수님의 이름은 고통-죽음이다. 그분은 죽음 안에 살아 계시기 때문이다. 극심한 고통과 지독한 고뇌의 순간은 더 이상 신의 부재나 불안, 대답이 없는 어두움이 거나 블랙홀이 아니다. 주님의 나라는 깊은 바다와 같다. 어둡고, 춥고, 침울한 거기에 함께 계신다. 또한 답답하고 축축한 땅속에도 감춰진 보물처럼 숨어 계신다.

하느님은 십자가 위에서 버림받은 정신적 고통과 죽어감에 따른 육체적 고통을 외치신 예수님과 함께 계셨다. 그렇기에 하느님께도 고통과 죽음이 존재한다. 우리가 일생을 즐겁고 행복하게, 사랑을 나누며 평온하고 건강하게 산다는 것은 예수님 사랑 즉, 부활의 신비를 사는 것이 확실하다. 그러나 고통과 고뇌의 억압에 빠져 산다면, 고통을 받으며 십자가에서 돌아가시기만 한 분이라는 불안에 빠지게 된다. 부활의 신비를 살아내지 못하는 반쪽 그리스도인이 되는 것이다.

늦은 저녁이었다. 귀가 후 기도실에 가서 예수님의 성체 앞에 무릎을 꿇었다. 뼈가 부서지고 근육이 찢어지는 것 같은 고통이 몰려왔다. 마치 몽둥이로 두들겨 맞아 온몸이 부서진 것 같았다. 감실을 바라보며 주님께 물었다.

"어찌하여 이런 고통과 시련을 겪어야 합니까? 오늘도 당신을 향한 기쁨과 순종과 열의의 마음으로 봉사하였습니다.

당신께서 사랑하시는 가난한 사람들을 환영해서 맞이했는데, 왜 이렇게 아파야 하나요? 왜요? 왜?"

주님의 변함없는 침묵 속에서 상처 입은 몸은 절규하고 시간은 더디게만 흘렀다. 멈춘 듯 천천히 지나가는 시간의 침묵 안에서 서서히 '왜'는 '그렇게'로 변화되어 갔다.

"너희는 모두 이것을 받아먹어라. 이는 너희를 위하여 내어줄 내 몸이다."

성체성사 때마다 거행하는 예수님의 말씀이 영혼을 가득 채웠다. 모든 사제는 성찬의 전례 때 사람 안에 계신 예수님을 보고, 즉 미사에 함께한 분들을 예수님의 사람으로 보고 미사를 집전한다. 이 신비롭고 놀라운 시간에 사제는 예수님께서 빵으로, 성체로 변하는 걸 재현한다.

답이 없는 '왜'에 매달릴 것이 아니라 '누군가를 위한' 시련이자 고통, 침묵을 수용해야 한다는 것을 깨달았다. 빵과 생명에 굶주린 극한의 상황의 사람들에게 내 몸을 성체처럼 먹도록 내어줘야 한다는 것을 알게 되었다. 그러자 내가 부서지고 찢어지는 것도 이해가 되었다.

지금까지 예수님의 헤아릴 수 없는 은총으로, 나는 길에서 만난 가난하고 버려진 형제들을 위한 성찬 빵으로 부서졌던 것이다. 가장 소외되고 외로운 사람들에게 바쳐지는 빵으로 살 수 있는 감동적인 기쁨을 주신 주님께 감사드린다. 주어진 많은 생명들에게 희망이 되고 스스로 존재에 대한 기쁨이 되는 삶을 살게 해주신 주님께 깊이 감사드린다.

고통이라는 자매여, 고맙습니다.

당신의 강하고 아픈 포옹으로 저의 위선과 자존심을 부수었

으니 감사합니다.

당신은 저의 손을 잡고 겸손함으로

"친구야 도와줘, 너의 도움이 필요해."

라고 말할 수 있게 가르쳤습니다.

저의 벗, 난독증이여, 고맙습니다.

당신은 저를 힘들어하는 사람들 곁으로 인도하였고,

인생의 길을 걷는 동안 멋진 친구들을

만날 수 있게 도와줬습니다.

고독함이여, 고맙습니다.

당신은 제가 어렸을 때부터 이해하기 힘든

인간 심리의 어두운 미궁 속으로 저를 이끌어주었습니다.

부모님, 고맙습니다.

당신들의 가련한 아들에게 무슨 일이 있는지 몰랐음에도

신뢰하였고, 보잘것없는 저를 있는 그대로 사랑해주었습니다.

친구들, 고맙습니다.

함께하는 놀이로, 기쁨과 순수함으로

저를 치료해줘 감사합니다.

주님, 고맙습니다.

항상 어렵고 힘든 여정을 함께하시고,

당신의 힘으로 제 인생을 살아갈 수 있도록 해주셨습니다.

그러나 주님, 죄송합니다.

가끔은 의심하고 유혹에 빠지며 실수하고 죄를 지었습니다.

때때로 어떤 순간에는 힘에 부쳤습니다.

앞으로 가능하다면 제게서 힘듦과 고통을 떨쳐버리소서.

그러나 당신 뜻대로 하소서.

이제 제가 자란 것 같습니다.

더는 고통이라는 학교가 필요하지 않을 것 같습니다만,

당신께서 제 여정에 아직 필요하다고 판단되시면

천사를 보내주시어 제가 깊은 고독에 빠질 때
위로받을 수 있게 하소서.
지겨운 고통의 순간들이 찾아오면
주여, 저에게 키레네 사람 시몬을 보내시어
그가 잠시라도 제 십자가를 대신 지고 가도록 허락하소서.
큰 의심과 불확신의 순간이 찾아오면
저에게 베로니카를 보내시어 그녀가 저를 보고
온유함과 사랑으로 저의 눈물을 닦아주게 하소서.
당신을 보지 못하게 앞에 놓인 길을 보지 못하게
가로막는 눈물을 닦아주게 하소서.

주님, 제가 항상 고통 속에서도
당신께 감사할 수 있도록 도와주소서.
감사합니다. 아멘!

11일 성토요일 : 이해할 수 없는 하느님의 침묵

과부와 고아들은 떠맡겨졌고, 이해하기도 설명할 수도 없는 예수님의 침묵이 남겨졌다. 악과 불의, 억압은 승리했고 예수님은 돌아가셨다. 그렇지만 덩그러니 남겨지지는 않았다. 예수님은 떠나시기 전에 당신 어머니 마리아와 함께하도록 당부하셨기 때문이다. 성모 마리아는 슬픔과 비참함에도 불구하고, 십자가 아래에서 아드님의 부당한 고통을 끝까지 견디셨다. 예수님의 친구들과 그의 사도들은 달아났지만, 그녀는 도망가거나 피하지 않으셨다. 마리아는 사랑하는 아들의 설명할 수 없고 터무니없는 고통에 시선을 고정하고 묵묵히 머무르셨다. 우리의 어머니 마리아는 코로나19 시기에 우리도 당신처럼 주님 옆에, 주님의 고통 옆에 함께 머무르라고 가르쳐주신다. 인간의 머리로 도저히 이해할 수 없는 주님의 침묵을 죽음을 이기신 분의 믿음으로 바라보라고 요구하신다. 그렇게 십자가 밑에 마리아는 서 있었다.

12일 부활절

저녁 배식이 시작되기 전, 노숙인 친구들에게 물었다.

"오늘이 무슨 날인지 아시나요?"

대부분은 조용했다. 그중 한 친구가 "십자가의 엄숙함을 기념하는 날입니다."라고 하자, 또 다른 친구는 "달걀 축제의 날이요."라는 대답을 했다. 세 번째로, "통로의 축제입니다."라는 대답이 들렸다. 아름답고 심오한 대답에 깜짝 놀라 어떤 의미인지 다시 물었다. 그러자 그는 "전능하신 예수님은 예루살렘의 성전에서 팔레스타인의 가난하고 보잘것없는 사람들의 집까지, 아름다운 향기로 가득 찬 사원의 엄숙한 전례에서 먼지 가득한 거리의 평범한 일상까지 전부 들르고 챙기고 지나가셨어요. 저도 도시의 위험하고 깜깜한 밤에 주님을 만났지요. 거리에서 수많은 위험한 순간마다 저를 보호해주셨고, 아팠을 때나 병원에 갈 수 없었을 때 치료해주셨어요. 혼자라고 느껴질 때 위로해주셨고 어떤 때에는 저를 부드럽게 안아주시기도 했어요. 주님은 저를 세상과 연결해주는 통로에요. 그러니 부활절은 통로의 축제이지요."

예수님은 '내가 와서 너희와 함께 부활절을 지내겠다'라고 말씀하셨는데, 오늘 이 친구들의 얼굴에서 부활하신 예수님의 얼굴을 보았다.

어떤 한 분이 궁금해하며 물었다.

"신부님은 왜 이런 활동을 하세요? 당신은 사회복지사가 아니라, 예수님의 사제인데요."

"사제는 섬기는 삶을 사는 사람이니, 이 일을 하는 건 당연하지요."

예수님께서는 우리 사이에 현존하시고 살아계신다. 그분께서 돌아가신 후 사흘 만에 부활하셨기 때문에 우리에게 진정한 기쁨과 평화, 영원한 삶을 주실 수 있다. 우리는 죽음을 이기신 예수님을 성체 안에서, 성사 안에서, 성경 안에서, 그리고 창조의 신비 안에서 만날 수 있다. 그러나 부활하신 예수님은 여전히 고통의 상처를 몸에 지니고 계신다. 그리스도가 피를 흘리는 상처는 어디에 있을까?

버려진 사람, 가난한 사람, 독거노인, 노숙인, 길에서 지내는 청소년……. 세상의 아리고 후미진 곳에 부활하신 예수님의 상처가 있다. 그러므로 안나의 집은 가난한 사람들을 섬기는 곳이 아니고, 노숙인을 환영하는 곳이 아니며, 길거리의 청소년을 위하는 곳이 아니다. 부활하신 예수님의 상처를 환영하고 돌보고 사랑하는 곳이다. 가난하고 불쌍한 사람들, 외로이 거리에서 지내야만 하는 사람들, 가족으로부터 도망친 사람들은 도움을 주는 대상이 아니라 환영하고 섬기고 사랑해야 하는 예수님의 영광스러운 상처이다. 안나의 집은 토마스 사도처럼 예수님의 영광스러운 상처를 만지면서, 부활하신 예수님을 만나는 영광과 기쁨을 누리고 있다. 우리의 친구들이 지금 여기에 존재하는 부활하신 예수님이 흘린 피요, 생생한 상처이기 때문이다. 사랑합니다. 여러분!

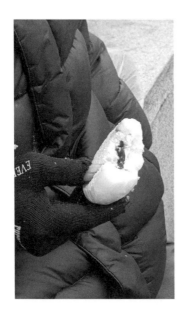

안나의 집에는 부활하신 우리 가운데 계시는 주 예수님께 봉헌하는 작은 기도실이 있습니다. 예수님께서는 부활하셨고 살아 계시기에 날마다 그분을 만난다고 말씀드리고 싶습니다.

사실 주님이 하늘나라에 계시는지는 잘 모르겠습니다. 하늘나라에 다녀오지 않았기 때문에 증명할 수는 없습니다.
그러나 주님께서 지금 여기 우리 가운데 계심은 확신합니다.
그분을 보았기 때문입니다.

가난한 이와의 포옹에서, 노인들에게 대접한 밥 한 그릇에서, 거리의 청소년들과 아지트(아이들을 지켜주는 트럭)에서 게임을 하면서, 노숙인들과 길에서 얘기를 나누면서 예수님을 만납니다.
추운 겨울밤 청소년들의 겁먹은 표정에 찢어지는 고통을 느끼며, 노숙인 친구들의 진심 어린 기쁨 가득한 미소를 바라보

며, 햇살이 비친 한강의 잔잔한 물결을 쳐다보며, 미사의 성
찬식에서 성체를 모시며 부활하신 예수님을 만납니다.

저는 예수님의 환영과 용서와 사랑을 받았으며, 그분은 저를
부드럽고 따뜻하게 안아주셨습니다.
살아계시고 현존하시는 우리 주 예수님! 감사드립니다.
또한 여러분과 여러분의 가정에 부활의 기쁨이 가득하시기
를 기도드립니다.
아멘!

"그들과 함께 식탁에 앉으셨을 때, 예수님께서는 빵을 들고 찬미를 드리신 다음 그것을 떼어 그들에게 나누어주셨다."

루카복음 24장 30절에는 엠마오로 가는 제자들이 예수님께서 빵을 쪼개어 나누는 것을 보며 그제야 그분을 알아본다는 내용이 나온다. 우리도 오늘 679명의 가난한 이들에게 정성 어린 음식과 쌀을 나누었다. 또한 자원봉사자들의 땀과 운영자들의 충실함, 그리고 후원자들의 관대함을 통해 주님께서 살아계시고 부활하심을 느낄 수 있었다. 또한 엠마오로 가는 제자들과 다르게 언제나 눈이 열려 있기를 바란다.

"예수님께서는 배에서 내리시어 많은 군중들을 보시고 가엾은 마음이 드시어, 그들 가운데에 있는 병자들을 고쳐주셨다."(마태 14, 14)

예수님께서는 "그들을 보낼 필요가 없다. 너희가 그들에게 먹을 것을 주어라."(마태 14, 16) 하고 이르시니 "사람들은 모두 배불리 먹었다. 그리고 남은 조각을 모으니 열두 광주리에

가득 찼다."(마태 14, 20)

굶주리고 지친 군중에게 예수님께서는 연민으로 그들의 아픈 곳을 치유해주시고, 먹을 빵과 생선도 주셨다. 그들은 약 5,000명이었다. 예수님의 제자인 우리도 연민으로 아파하며, 배고프고 코로나 바이러스로 고통받는 많은 형제자매에게 음식을 제공했다. 월요일부터 토요일인 오늘까지 일주일 동안 약 5,000명의 식사를 사랑으로 준비하고 기쁘게 봉사했다. 마치 예수님처럼……

23일 목요일

"저희 가게에 가난한 노숙인에게 줄 파스타와 디저트가 있어요."

"네. 지금 바로 가지러 가겠습니다."

"사무실에 사용하지 않는 컴퓨터가 두 대 있어요."

"네. 지금 가지러 가겠습니다."

"옷을 정리했는데, 안 입을 옷들을 챙겨 뒀어요. 잠깐 들르실 수 있을까요?"

"네. 바로 가지러 가겠습니다."

내 작은 트럭 다마스는 모든 주님의 선물을 실어 나른다. 가난하고 아픈 사람들을 위해 사랑으로 구걸하면 마음이 기쁨으로 가득 찬다. 영혼은 자유로워지고 행복함을 느낀다. 오늘 내 마음의 상태! 아니, 매일 매일의 내 삶이 이렇다. 특별히 요즘 같은 팬데믹 시대에 예수님을 위해 작은 형제를 대접하는 것은 큰 희망을 준다. 보상을 기대하지 않는 사랑은 아름답다.

24일 금요일

하느님께서는 당신의 아들을 주실 만큼 인간을 많이 사랑하셨다. 복음에서 나오는 '사랑하라'는 동사를 구체적이고 효과적인 다른 단어로 바꿀 수 있다면, 그건 '주다'이다. 복음에서 말하는 사랑은 꽃피고 강아지들이 뛰노는 봄처럼 감정적인 것이 아니라 손으로 이루어지는 것이다. 손으로 빵을 나누고 시원한 물 한 잔을 건네는, 손으로 무언가를 '주는 것'이기 때문이다. 안나의 집에서는 '사랑하다'를 가난한 예수님께 음식을 드릴 때마다 거의 750번 사용한다.

마치 논리적 사고와 이성적 근거가 있는 것처럼 포장한 이

단으로 인해 교회가 분열된 일이 교회 역사에서 여러 번 일어
났던 것처럼, 세상을 사는 데에도 쓸모없는 토론과 경쟁이 회
복이 불가능한 분열로 이어질 때가 많다. 코로나 시기에 교회
의 목사님들과 신도들, 불교 스님들, 가톨릭교회의 사제들, 수
도자들, 대전신학교의 신학생들이 식당에 도움을 주러왔다.
봉사하는 모습은 참 아름답다. 오늘 함께한 모든 이들 사이엔
경쟁도, 분열도 없다. 진실한 마음에서 우러난 사랑은 일치와
조화, 연대와 기쁨, 그리고 행복을 가져다준다.

25일 토요일

노숙인 친구들을 위해 761개의 도시락이 준비되었을 때,
가슴 속에서 피어나는 커다란 행복과 끝없는 기쁨을 어떻게
표현하면 좋을까? 오늘도 이들은 온화한 미소를 띠고 말했다.

"신부님, 식사할 수 있게 해주셔서 감사합니다."

이들은 손에 저녁 봉지를 들고 행복하게 떠나갔다. 친구들
의 미소는 사랑과 생명의 도시락을 준비하기 위해 불 앞에서,
부엌에서 보낸 모든 시간의 보답이다.

28일 화요일

온라인으로 수업이 이루어지는 요즘 멋지고 건강한 젊은이들이 봉사하러 안나의 집에 온다. 이곳에 온 이유가 궁금해져서 그들에게 물었다. 다들 아름다운 미소를 지으며 대답했다.

"가난한 사람들을 위해 봉사하는 것은 멋진 일이니까요."

"봉사는 제 마음에 기쁨을 주어요."

"봉사를 통해 느끼는 사랑은 영혼을 행복하게 하고 평화로 채워준답니다."

"지역 사회에 봉사하는 것은 정의로운 거잖아요."

"소외되고 어려운 이웃에게 봉사하는 것은 살아있음을 느끼게 해줘요."

미소, 아름다움, 행복, 기쁨, 평화, 사랑, 정의…… 이 모든 것은 주님의 다른 이름으로, 우리 가운데에 현존하시는 예수님을 느끼게 한다. 종교에는 관심이 없다고 한 이 청년들은 사실 이미 주님과 관계를 맺고 있다. 그렇기에 나에게 이런 질문을 했다.

"요즘 젊은이들이 교회에서 사랑이나 감사를 찾지 못하는 이유가 무엇인가요?"

부활하신 예수님께서 지금 우리 가운데에, 여기 안나의 집에 함께하셨고, 이 아름답고 넉넉한 젊은이들은 그분을 경험했다. 오늘 그들의 기쁨 속에서 부활하시고, 우리 마음속에 살아 계신 예수님의 광채를 보았다.

29일 화요일

예수님을 믿는 사람들은 알고 있다.

"다른 사람에 대한 진지한 관심을 잃지 않고, 사랑의 행위를 잃지 않으며, 관대한 노력을 잃지 않고, 고통스러운 인내도 잃지 않아야 합니다. 이 모든 것은 생명으로 연결되어 순환됩니다."(프란치스코, 《복음의 기쁨》, 278항)

관심, 사랑, 노력, 인내는 열매를 맺을 것이다. 지금이 아니라도 언젠가 다른 날, 여기가 아니라면 세상의 다른 곳에서……

이른 아침 이 거룩한 말씀으로 예수님 앞에서 묵상하고 기도하는 것은 어려운 오늘을 사는 데 많은 도움이 된다.

5월

□
■

1일 금요일

12시간 동안 계속 비가 내렸고 일기예보도 좋지 않았지만, 주어진 책임에 따라 650개의 저녁 도시락을 준비했다. 그렇지만 우려되고 걱정스러운 마음에, '이 음식을 다 버리게 되면 어쩌지? 누가 이렇게 비가 많이 오는데 찾아올까?'라는 생각이 자꾸 들었다.

시간이 흘러 도시락을 나눠줄 시간이 되자, 우리의 친구들은 마법처럼 하나둘 나타나 식사를 가져갔다. 멀리서 온 한 분에게 물었다.

"이런 날씨에 우산도 없어 어찌 오셨어요? 힘드시지 않았나요?"

"신부님, 저는 이런 폭우나 코로나 바이러스보다 배고픔이 더 두려워요. 오늘도 감사합니다."

그러고는 자신의 식사를 챙겨 빗속을 거슬러 떠났다. 길거리 친구들의 춥고 쓸쓸한 고통을 보면서 절망의 눈물을 흘렸다.

"어떻게 그리 헌신적으로 사실 수 있습니까?"

한 자원봉사자가 물었다.

사실 나에게는 세 가지의 비밀이 있다. 사랑을 가득 담고 있는 비밀이 나를 지탱하는 힘이다.

첫 번째 비밀은 친구들의 기도이다. 많은 형제자매님, 친구들, 봉사자와 후원자들이 애정과 믿음을 다해 나를 위해 기도해준다. 자기 자신들을 위한 기도가 아닌 나를 진심으로 사랑해주고 나를 위해 끊임없이 기도해주는 이들 덕분에 나는 은총을 받아 앞으로 나아갈 수 있다.

두 번째 비밀은 매일 하느님의 말씀을 묵상하고 공부하는 것이다. 아침에 일어나자마자 성경을 읽고 기도하고 예수님을 만난다. 이는 부족한 삶의 또 다른 기둥이다. 연약한 존재인 내게 말씀은 신비로운 힘의 원천이 되고, 매일의 삶 안에서 성체의 은총을 경험하게 한다.

세상의 고된 현실에서 나를 견디게 하는 세 번째 비밀은 자전거 타기다. 자전거 페달을 밟으며 나아가는 것은 분노와 스트레스, 어려움, 좌절감, 실망감을 털어버리는 데 도움을 준다. 한강 변을 달리면서 멋진 시간을 보내고 집으로 돌아오면, 처음부터 다시 시작할 열정과 삶의 기쁨을 찾게 된다.

예수님의 무한한 자비를 받으며 사는 나는 행복한 사람이라는 걸 깨닫는다. 친구들의 기도, 주님의 말씀, 자전거 타기까지……. 주님, 감사합니다.

8일 금요일

어제 전화로 한 자매님이 근사한 제안을 했다.

"내일이 어버이날인데, 한국의 풍습대로 카네이션 한 송이씩 나누어드리는 건 어떨까요? 신부님 생각은 어떠세요?"

당연히 이 멋진 생각에 동의했다. 남성이든 여성이든 어른이든 아이든 사람을 사람답게 만드는 두 가지는 존엄과 사랑이다.

제안대로 어버이날인 오늘 노숙인 친구들에게 도시락과 함께 빨간 카네이션을 한 송이씩 드렸다. 카네이션은 그들에게 '당신은 중요한 사람이고, 사랑받는 사람입니다.'라고 말없이 전한 또 하나의 사랑이었다.

12일 화요일

정확히 30년 전인 1990년 5월 12일, 한국에 왔다. 그렇기에 오늘은 한국인으로서의 내 생일이다. 서른 번째 생일을 맞는 내 마음은 그 어느 때보다 진실하고 강하다.

사제로서 매일 미사를 봉헌할 때마다 나 자신과 공동체에 중요한 네 단어를 반복해서 말한다.

"스스로 원하신 수난이 다가오자 예수님께서는 빵을 들고 감사를 드리신 다음, 쪼개어 제자들에게 나누어주셨다."

기도 5

… 빵을 들고…

주님, 당신께서는 젊은 저를 선택하셨습니다. 제가 예수님의 부드러운 현존—따뜻함에 감싸인 은총과 행복의 순간—에 매료된 것은 18세 때였지요. 온전히 저를 사로잡고 압도한 느낌이 이끄는 대로 모든 것을 버리고 부르심에 응답하였습니다. 그때의 상황이 세세하게 기억나지는 않지만, 주님께서는 막강하고 전능하신 모습으로, 그러나 무섭게는 다가오시지 않았다는 것은 확실합니다. 온화하고 달콤한 사랑으로 저의 순수한 영혼을 사로잡으셨던 당신의 부드러운 현존이 남아 있을 뿐입니다.

… 쪼개어 …

주님, 불쌍한 사람들을 돕기 위한 노동으로 지친 하루를 마무리하는 저녁 시간입니다. 오랜 시간 노동으로 피곤해진 몸을 이끌고 집으로 돌아왔습니다. 퉁퉁 부은 발은 저를 고통스럽게 합니다. 뼈를 깎는 듯한 통증과 살을 에는 것 같은 아픔으로 몸과 마음이 약해집니다. 그들을 향한 사랑이 남겨준 것은 고통으로 멍든 몸뿐이라는 생각이 드네요. 때때로 스며드는 남 모를 고독으로 정신조차 지쳐버리기도 합니다. 그런데 간절히 원하던 그 자리에 사랑하는 당신은 계시지 않습니다.

당신의 부재로 제 영혼은 끝없는 의심과 어둠 속으로 침몰하고 맙니다. 그러고는 말할 수 없는 권태로 부서지는 날들이 계속되었습니다. 이렇게 헛헛한 날이면 제 이야기를 들어주고 이해해주는 편안하고 따뜻한 친구를 찾게 됩니다. 그러나 저를 반기는 것은 심각한 휴식의 부재일 뿐입니다.

사랑이 사라졌다고 느끼는 순간 수치스럽게도 영혼을 파괴하는 것 같은 울음이 쏟아집니다. "주님, 어찌하여 저를 버리셨습니까?" 그러나 이 절망의 순간에도 주님은 침묵을 지키십니다. 제가 결코 다가갈 수 없는 존재 같기만 합니다.

… 감사를 드리신 다음…

주님, 길을 잃고 헤매던 시간이 지난 뒤, 제 삶 전체가 당신의 은총으로 가득하다는 것을 깨달았습니다. 저를 에워싸고 있는 모든 것, 매일 550명이 식사를 하기 위해 찾아오는 노숙인 센터, 40명의 버려진 아이들이 사는 집 네 곳, 800여 명의 봉사자들, 후원자들, 오블라띠 수도 공동체, 제 건강, 제가 편히 사는 집, 이 모두가 주님의 너그러움과 무한하신 능력으로 이루어진 것임을 깨달았습니다. 무상으로 주어진 놀라운 선물임도 알았습니다. 당신의 선하심과 자비하심으로 이루어진 기적임도 느꼈습니다. 저는 오직 저를 둘러싸고 있는 예수님의 친절한 사랑에 매혹되어 찬미와 감사를 드릴 뿐입니다. 당신은 저의 허무한 삶에 살아 계시는 아름다운 현존이십니다.

… 빵을 나누어주시며…

주님, 사제로서의 삶은 죽음과 부활이 공존하는 인상적이고 감격스러운 순간, 즉 주님의 아드님께서 십자가 위에서 돌아가신 성스러운 신비의 순간과 깊이 연결되어 있다는 것을 느낍니다.

"'다 이루어졌다.' 이어서 고개를 숙이시며 숨을 거두셨다."(요한 19, 30)

예수님의 삶과 죽음은 자신을 내어줄 수 있는 사랑과 인간에 대한 비통함이 뒤얽혀 있음을 보여줍니다. 극심한 통증과 함께 오는 새 생명 탄생의 순간에 행복과 고통이 함께하는 것처럼 말이지요. 그래서 사제로서의 제 삶에도 예수님이 겪으신 고통의 죽음과 기쁨의 부활이 거룩하게 함께하고 있다고 생각합니다. 성삼일의 의미가 담겨 있는 인생을 사는 것이지요. 제 순례의 여정에 동행하는 동료 형제자매님들을 보면서 힘을 얻습니다. 주님께서 빵을 드시고, 쪼개시고, 감사드리시고, 나누어주시는 과정에서 보여주신 사랑과 은총, 그리고 주님의 삶이 쪼개어지는 고통조차도 결국 모두 함께하는 여정임을 깨닫습니다. 성직자이든 평신도이든 매일매일 성찬의 삶을 살아갑니다. 사랑으로 현존하시는 예수님은 우리에게 자신을 내어주시고 돌아가셨습니다. 이해할 수도 없고 헤아릴 수 없는 그분의 삶에 매료된 저는 찬미와 흠숭을 올립니다.

주님, 당신께서 언제나 저와 함께하심을 이리 긴 여정을 걸어오고 나서야, 지금에 와서야 알게 되었습니다. 아멘!

13일 화요일

한국이 코로나에 대비를 잘하고 효과적으로 대처할 수 있는 것은 추적, 테스트, 치료라는 '3T'를 활용해서다. 이 세 가지 대처 방법이 어떻게 적용되는지 우리 청소년 쉼터에서도 경험했다. 어제 쉼터에 온 한 아이가 PC방에 있었다는 전화를 받았다. 이 아이가 코로나 바이러스에 양성 반응이 나온 사람과 가까운 자리에 있었다는 걸 CCTV로 녹화된 화면에서 확인할 수 있었다. 바로 아이를 병원으로 데려가 감염 여부를 검사했다. 또한 쉼터의 다른 청소년과 운영자 전부를 격리해야 해서, 아무도 14일 동안 쉼터를 떠나거나 들어갈 수 없게 조치를 하였다. 만약 내일 이 아이가 양성이라는 결과를 통보받으면 직원 50명 전원이 검사를 받아야 하고, 어떤 것도 할 수 없어 식당을 닫아야 한다. 온종일 불안하고 초조한 마음이 들었다. 저녁에 기도실에 가서 성체 앞에 무릎을 꿇고 주님께 도움을 청했다.

"예수님, 저희를 도와주세요. 아이가 바이러스에 양성이면 식당을 닫아야 해요. 그러면 날마다 이 한 끼를 위해 안나의 집에 오는 당신의 자녀 650명이 심각한 어려움에 부닥치게 됩니다. 주님이 도와주셔야 해요. 제발 도와주세요."

검사 결과를 기다리며 잠 못 이루는 밤을 보냈다.

14일 목요일

오전 늦게 기다리던 연락이 왔다. 다행히 음성 판정을 받았지만, 아이와 다른 청소년들, 쉼터에서 일하는 직원들은 두 주 동안 격리를 해야 한다. 누구도 쉼터에 들어가거나 나올 수 없다. 그렇지만 식당 문을 열고 650명의 노숙인을 위해 도시락을 준비할 수 있어서 다행이었다.

"길거리의 사람들, 사회에서 버려진 사람들을 섬기는 기쁨을 오늘도 이어갈 수 있게 해주셔서 감사합니다. 위태롭고 불안정한 코로나 상황에서 저희의 유일한 희망이자 위로이신 당신을 믿으면서 하루하루 나아갑니다. 아멘!"

15일 금요일

5월은 꽃의 달이다. 안나의 집에도 많은 꽃이 피고 진다. 대개 노숙인 쉼터라고 하면, 더럽고 냄새나는 곳, 가까이 가기 싫은 곳이라는 이미지를 떠올리지만, 우리 집은 다르다. 안나의 집 입구에는 노숙인들을 맞이하는 아름다운 꽃들이 많다. 복도에 있는 예술작품들도 친구들의 눈과 마음을 즐겁게 한다. 또한 저녁 식사 내내 흘러나오는 음악도 친구들의 귀를 행복하게 만든다. 여기에 어디에 내놓아도 손색 없는 음식이 어려운 친구들과 함께한다. 봉사자들도 진심 어린 마음과 미소로 함께한다. 사랑이다. 이 모든 게 사랑이다. 이렇게 사랑이 담긴 행복한 미소가 아름답게 번져가면 세상은 밝아진다. 언제나 사랑을 담아 친구들을 맞이하는 따뜻한 곳, 바로 안나의 집이다.

18일 월요일

식당 밖에서 큰 소란이 났다. 몇몇 노숙인 사이에 심한 싸움이 일어난 것이다. 이들은 이성을 잃었고, 서로를 무섭게 위협하며 주먹을 휘둘렀다. 결국 경찰이 개입해 상황을 정리했다. 이를 바라보는데 어찌나 슬프던지……. 날마다 애정 어린 마음으로 따뜻하게 친구들을 환영했다. 그런데 이들의 잔인함과 폭력을 접할 때면 너그럽게 섬기는 마음에 상처가 생긴다. 우리가 하는 이 모든 것이 의미가 있을까? 우리는 이 사람들에게 시간 낭비를 하고 있는 것일까? 이 친구들은 절대 변하지 않을까?라는 의문과 회의가 생겼다. 그렇지만 '그저 환영하고 사랑하라'는 말씀만 마음에 품고, 나머지는 전부 주님께 맡겼다.

19일 화요일

프란치스코 교황님의 아름다운 묵상으로 하루를 시작했다.

지금은 가난한 사람들을 보는 순간입니다. 예수님께서는 항상 가난한 사람들과 함께 지낼 것이라고 말씀하셨는데, 이것은 사실입니다. 부정할 수 없는 현실이지요. 그러나 사람들이 대부분 가난을 부끄럽게 여겨 잘 드러나지 않습니다. 로마에서 검역 도중 경찰관이 어떤 남자에게 말했습니다.

"거리에 있으면 안 되니 집으로 가세요."

"저는 집이 없습니다. 거리에 살아요."

주위에 가난한 이들이 많이 있지만, 가난에 무관심하기에 그들을 보지 못합니다. 그들은 그저 풍경의 일부입니다. 그들은 그냥 사물입니다. 마더 데레사 수녀님은 가난한 이들을 보고 회개의 삶을 시작할 용기를 얻었다고 합니다. 가난한 사람들을 바라보는 것은 존엄성을 회복하는 것을 의미합니다. 그들은 쓰레기나 폐기물이 아닙니다. 그들은 귀한 사람입니다.

이 묵상으로 새로운 하루를 시작하는 데 힘을 얻었다.

주님, 오늘도 잘 살겠습니다. 아멘!

23일 토요일

KLC(코리아 레거시 커미티)의 청년 30여 명이 안나의 집을 찾았다. 노인 빈곤 문제에 관심을 두고 있는 KLC의 청년들은 토요일마다 봉사하러 온다. 그들은 멋지다! 그들은 젊다! 순수한 미소를 가지고 있고, 언제나 넉넉하고 헌신적인 마음으로 일한다. 더 나은 세상을 꿈꾸며 이를 실현하기 위해 노력하는 모습이 아름답다. 주중에는 자신들이 모은 기금으로 노인들에게 도시락을 만들어 나누고, 토요일에는 안나의 집에 와서 봉사 활동을 하는 청년들의 도움이 더 고맙고 더 멋졌다.

25일 월요일

정부에서 코로나로 인해 경제적으로 위기에 봉착한 사람들과 영세한 상점을 돕기 위해 지원금을 제공하기로 했다고 한다. 이 정책의 일환으로 나라에서는 규모가 작은 일부 가게에서만 사용할 수 있는 재난 카드를 제공했다. 몇몇 사람들은 이 카드를 안나의 집 친구들에게 선물했다. 팍팍하고 힘든 시기이지만, 아름답고 너그러운 사람이 여전히 많은 사회에 살고 있음을 확인한 오늘이었다.

6월

□
■

영웅은 역사 속 중요한 순간에 등장하는 사람이라고 생각했다. 타인과 사회의 이익을 위해 자신을 희생하는 초인이라고 여겼기 때문이다. 하지만 끔찍한 코로나 시기를 살고 있는 요즘은 안나의 집에서 새로운 영웅을 만나고 있다. 정부에서는 여러 사람과의 접촉은 위험하므로 혼잡한 장소에는 되도록 가지 말라고 권고한다. 그런데도 코로나에 대한 두려움을 뚫고 오늘도 35명의 자원봉사자가 안나의 집을 찾아왔다. 바이러스의 위협을 극복한 사람들이 날마다 소외된 사람들을 위해 센터에 온다. 노숙인을 위한 기쁨과 자비가 담긴 도시락을 준비하는 자원봉사자들이야말로 우리 시대의 새로운 영웅이다.

성남시에서 기쁜 소식을 전해왔다. 안나의 집 재정을 돕기 위한 추가 예산이 승인되었다는 소식이었다. 주님, 감사합니다!

4일 목요일

오늘은 봉사자가 많지 않았다. 아프거나 피로에 지친 건 아닌지, 다시 확산하고 있는 바이러스에 대한 두려움 때문은 아닌지……. 평소보다 적은 봉사자들이 찾아주셔서 도시락을 준비하는 데 어려움을 겪었다. 그나마 안나의 집 직원들과 대전신학교 소속 네 명의 신학생들이 있어 다행이었다. 프란치스코, 요셉, 라파엘, 또 다른 프란치스코 신학생은 정말 큰 도움이 되어주고 있다. 주님께 감사를 드린다. 당분간은 직원들과 신학생들 덕분으로 저녁 식사를 준비할 수 있지만 앞으로가 걱정이 되는 건 어쩔 수가 없다.

10일 화요일

도시락 651개를 준비하면서 마음 안에서 배어나오는 무한한 감사와 기쁨을 어떻게 표현하면 좋을지······.

"신부님, 오늘도 먹을 수 있게 해주셔서 감사합니다."라며 부드러운 미소로 얘기하고, 도시락을 가지고 행복하게 떠나는 사람들. 그 미소는 다음 도시락을 더 정성스럽게 준비하게 만든다. 그 미소는 불 뒤에서 흘리는 땀을 씻어준다. 그 미소는 부엌에서 보낸 모든 시간을 보상해준다.

12일 금요일

모든 준비가 완료된 도시락이 제공되기 직전, 일찍부터 도착한 거리의 친구들은 식사를 기다리고 있었다. 그때 큰 고함과 함께 비명이 들렸다. 무슨 일이 생겼는지 여기저기 둘러봤더니, 자주 오는 우리의 친구가 칼을 휘두르며 다른 사람들을 죽이겠다고 위협하는 것이 보였다. 직원 한 명과 함께 신중하고 조심스럽게 이 친구에게 다가갔다. 직원이 그를 진정시키기 위해 말을 걸면서 천천히 다가가는 동안, 또 다른 직원 둘은 천천히 뒤쪽으로 다가가 그의 팔을 잡고 칼을 빼앗았다.

112에 전화해 신고하고 경찰관이 도착하기 전까지 그를 진정시키며 왜 그랬는지 설명해달라고 했다.

"전부 줄을 서서 기다리고 있는데, 한 사람이 새치기를 했어요. 화가 나서 그를 죽이려고 칼을 꺼냈습니다."

경찰차에 그를 태우고 데려가는 모습을 보니 마음이 쓰렸다. 몇 년 동안 알고 지낸 사람, 매일 안나의 집에 온 사람. 어렸을 때 버림받은 그는 평생을 길에서 보냈다고 한다. 그는 아주 좋은 사람이지만 지적장애가 있어 아이 같다. 그는 자신의 권리가 무시당했다고 느껴지자 격하게 반응했을 뿐이다. 그가 떠나가는 모습이 실망과 괴로움을 안겨준 또 다른 실패 같이 느껴졌다.

17일 수요일

루카복음 14장 13절은 "네가 잔치를 베풀 때에는 오히려 가난한 이들, 장애인들, 다리 저는 이들, 눈먼 이들을 초대하여라."이다. 이 복음 말씀이 날마다 안나의 집에서 이뤄진다. 예수님은 이분들 모두를 우리 집에 초대하셨고, 함께한 봉사자들과 후원자들은 이를 목격한 증인이다.

18일 목요일

친구들을 위한 저녁 준비가 한창이었다. 갑자기 화재 경보 사이렌이 귀가 아플 정도로 울렸다. 직원들이 건물에 있던 모든 사람을 대피시키는 동안, 어떻게 된 것인지 확인하려고 화재통제실로 달려갔다. 화재가 발생한 층을 확인하고, 현장으로 가보니 모든 것은 정상이었다. 화재감지기의 잘못된 작동으로 울린 경보였다. 벌렁거리던 심장은 정상으로 돌아왔지만, 한동안 두려움은 남아 있었다. 다시 이런 오작동은 일어나지 않기를…….

20일 토요일

맛있고 행복한 도시락을 전달하기 위해 두 개의 천막을 설치하였다. 하나는 오늘(토) 저녁 식사용이고, 또 다른 하나는 내일(일) 아침 식사용.

성남에는 아침을 제공하는 무료급식소가 두 곳 '사랑마루'와 '선한목자교회'가 있다. 저녁 식사 제공은 안나의 집이 유일하다. 일요일에는 어느 곳에서도 급식을 제공하지 않기 때문에 토요일 저녁 식사를 나눌 때 일요일 아침 식사까지 함께 나눠준다. 또한 토요일에는 옷을 함께 제공한다.

주말인데도 땀 흘려 봉사하러 온 모든 분들에게 감사한 저녁이다.

22일 월요일

무더운 날씨로 인해 많이 지쳤을 우리 친구들에게 시원한 물, 영양가 있는 음식을 나누었다. 코로나 바이러스로 인해 조심해야 하는 상황이라 혹시라도 성남 시민들에게 피해가 갈까 봐 방역수칙을 철저히 준수하고 손 소독을 필수로 진행하고 있다. 매주 월요일마다 마스크를 나누어주는 것도 코로나 예방의 일환이다. 오늘은 한양대학교 85학번 동창회원들이 와서 봉사해주었다.

23일 화요일

코로나 시기는 연대의 시간임을 또 한 번 느낀 오늘, 주한 이탈리아 대사관의 파일라 대사님과 주한 이탈리아 상공회의소 대표가 안나의 집을 방문했다. 노숙인 친구들과 거리의 청소년들을 돕기 위해 상당한 후원금을 기부하였다.

멋진 사랑의 실천을 통해 우리의 나눔 활동을 가능하게 해준 분들에게 진심으로 감사하다.

24일 수요일

장마가 시작된 오늘, 비가 많이 내려 봉사자분들은 평소보다 더 많이 고생했다. 덕분에 사랑하는 식구들에게 따끈따끈한 갈비탕, 향 좋은 커피, 매콤한 김치와 부드러운 빵을 나눌 수 있었다.

25일 목요일

아침 무렵 성남시청 공무원이 왔다. 그들은 시장님 이름으로 소중한 마스크와 2,465만 원을 후원해주었다. 벌써 두 번째 기부이다. 안나의 집이 잘 운영될 수 있으려면 많은 분의 도움이 필요하다. 직원들, 봉사자들, 후원자분들도 그렇지만 특별히 성남시의 도움이 아주 절실하다.

안나의 집 운영에 관해 해결해야 할 일들이 제법 되었다. 행정적인 업무여서 사무실 책상에 앉아 일을 시작했지만, 마음이 매우 불편했다. 에어컨이 켜진 사무실에서 시원하고 편안하게 일하는 동안, 직원들과 자원봉사자들은 무더운 한여름 오후를 주방에서 보내느라 어려움을 겪고 있을 텐데……. 옳지 않은 것 같아 서류를 가지고 식당으로 갔다. 봉사자들이 저녁 도시락을 준비하는 동안 테이블 한쪽에 따로 앉아 관리 문서를 작성했다. 나는 회사를 운영하는 CEO가 아니라, 양 떼와 함께 살려고 노력하는 목자이기 때문이다. 가난하고 소외된 이들에게 빵이 되고 싶은 사제이기 때문이다.

29일 월요일

동네 분들이 안나의 집에 오는 친구 중 한 분이 길에서 쓰러져 있다는 소식을 전해주었다. 깜짝 놀라 직원과 함께 그곳으로 갔다. 서둘러 119에 전화를 했고, 얼마 안 되어 구급차가 도착했다. 쓰러진 분의 상태가 심각한 것은 아니지만, 예방 차원에서라도 반드시 응급실로 이송해야 한다. 이 밤, 병원에 있는 친구를 위해 더 많이 기도해야 할 것 같다.

30일 화요일

미소가 아름다운 천사 같은 젊은 목사님 부부가 궂은 날씨에도 온종일 열심히 봉사해주었다.

7월

□
■

1일 수요일

굶주리고 피곤한 5,000여 명의 군중을 보고 연민을 느끼신 예수님은 그들에게 먹을 빵과 생선을 주셨다. 예수님의 제자인 우리도 코로나로 인한 굶주림과 외로움으로 힘들어하는 형제들과 자매들에게 연민의 마음으로 음식을 제공했다. 월요일부터 토요일까지 사랑과 기쁨으로 준비한 일주일 분의 저녁 약 5,000끼를 나누었다.

2일 목요일

오늘은 특별한 날이었다. 생일을 맞은 하미애(가명) 자매님이 식사를 지원해주었기 때문이다. 친구들과 파티를 하는 것보다 노숙인를 위해 봉사하는 게 훨씬 행복하다면서. 노숙인 친구 중 한 분은 감사한 마음을 담아 하모니카로 생일 축하의 노래를 연주해주었다. 그 자리에 함께 있던 노숙인 친구들 모두는 자연스럽게 큰 박수로 축하의 마음을 보탰다.

3일 금요일

세상에서 혼자가 된다는 것은 얼마나 외로운 일인지…….
그런데도 자신을 가두며 철저히 혼자가 되는 사람들이 있다.

우리 집을 찾아오는 노숙인들은 사업 부도로 또는 각기 다른 이유로 가정이 해체된 사람들이 반 정도 되고, 미혼인 이들이 반 정도 된다. 거리 생활을 하든 고시원에서 생활하든 이들은 혼자이다. 그런데 간혹 강아지를 데리고 오는 사람들이 있다. 자신도 챙기기 힘든 어려운 상황인데, 돈과 힘이 많이 드는 강아지를 왜 키우느냐 묻곤 한다. 그러면 이들은, "신부님, 너무 외로워서 키워요. 대부분의 사람은 저를 외면하지만, 강아지만큼은 반겨준답니다."라며 환하게 웃는다. 작은 손짓 하나, 눈빛 하나에 행복해하는 이들이다.

"이 사람들을 따뜻하게 대해 주세요. 그러면 좀 더 나아진 사회가 될 겁니다. 부탁드립니다."

4일 토요일

안나의 집 음식이 맛있다는 소문이 자자하다. 코로나 바이러스로 인해 사랑하는 노숙인들은 급식소에는 들어오지 못하지만, 대신 도시락을 지원받는다. 이 친구들은 안나의 집 옆 공원에서 맛있게 식사한다. 식사 중 떨어지는 음식물은 버려진 강아지들과 새들의 배고픔을 해결해주고. 그래서 안나의 집은 불쌍한 개들과 새들도 찾아오는 곳이 되었다.

5일 일요일

기부할 음식이 양손 가득한 나의 인생은 에르메스 론키 신부님의 말처럼 아름다움을 포함하고 있다.

복음주의적 도덕은 규율에 대한 순종이나 결함이 없는 사람의 순결함이 아니다. 손을 깨끗하게 유지하지 않고 기부할 빵으로 가득 채우는 것이 진정한 신앙의 윤리다.

복음적 삶을 살려면 병원처럼—다친 사람, 피, 먼지, 바이러스, 상처, 심지어 신성 모독을 접하더라도—누구도 판단하지 않고 모든 사람을 돌보아야 한다. 도덕적으로나 교리적으로 흠잡을 데 없는 삶이 아닌, 가난한 사람에 대한 자비가 있어 존경받는 그리스도인이 되기를 꿈꿔야 한다. 자신을 낮추고, 정화하고, 위로하며, 선한 사마리아인처럼 대가를 바라지 않을 때 존경받게 된다.

'여기에 나의 모든 가난한 존재가 있습니다.'

7일 화요일

안나의 집 22주년 기념일이다. 먼저 22년 동안 우리와 함께하신 예수님께 감사드린다. 애쓰는 후원자들과 봉사자들과 직원들에게도 진심으로 감사하다.

멋진 하루하루가 모여, 가난한 친구들에게 250만 끼 이상의 식사를 제공했고, 수천 명의 노숙인에게 쉼터를 제공했으며, 만 명 이상의 가출한 청소년들을 돌볼 수 있었다. 우리는 거리에 머물 수밖에 없는 사람들이 새로운 삶을 시작하도록 진심으로 도왔다. 주님의 보호 아래 직원들의 전문적인 업무 분담과 자원봉사자들의 지칠 줄 모르는 헌신, 넉넉하고 적극적인 후원자들의 지원으로 이 모든 것이 가능했다.

고맙습니다, 예수님!

감사합니다, 안나의 집을 아끼고 사랑하는 모든 분들!

HAPPY 22TH BIRTHDAY TO 안나의 집.

작은 이들을 섬기기 위해 오늘 안나의 집을 찾은 사람들은 신부님 일곱 분과 수녀님 세 분, 그리고 신학생 아홉 분이었다. 이것이 진정한 예수님의 교회이다. 예수님께서 사랑하시는 교회! 복음은 예수님이 고통받는 자, 병자, 굶주린 자, 힘없고 소외된 자를 만날 때마다 연민으로 그들을 고치고 음식을 나누셨다고 말한다. 오늘도 안나의 집에는 굶주리고 고통으로 아파하는 많은 사람이 있었고, 봉사자들 모두 예수님처럼 연민을 가지고 오후 내내 일했다. 가난한 사람들을 위해 음식을 준비하는 모습은 정말 아름답다. 가난한 사람들을 사랑하고 돌보는 것이 교회의 참된 모습이라는 걸 또 한 번 느꼈다.

가만히 생각해보면 예수님의 제자인 사제들은 선한 목자로 살도록 부름을 받았다. 선한 목자는 자신의 양을 돌보고, 먹이를 주고 여정을 챙기고, 위험으로부터 보호하고, 필요한 경우 양 떼를 위해 목숨을 내놓는다고 예수님께서 말씀하셨다.(요한 10, 7-21) 그렇기에 백신도, 치료약도 아직 개발되지 않은 코로나 시기에 집에서 편안하게 머물지 않고 선한 목자들처럼 봉사하러 온 것이다. 이 사제들이 길을 잃고 헤매는 양을 찾아 돌보는 모습은 정말 아름다웠다. 물론 사제들의 합당한 소명이기는 하지만.

대견함과 염려, 희철(가명)에게 이 마음을 전하며 마지막 인사를 한다. 희철은 수년간 우리 쉼터에서 살았던 아이다. 우리와 함께 사는 동안 희철은 아주 잘 지냈다. 그는 무사히 학교를 마쳤고 미용사 자격증을 땄다. 이제 18개월간 국방의 의무를 완수하기 위해 입대해야 한다. 오늘 아침 희철이가 입대하러 가기 전, 작별 인사를 하러 사무실에 찾아왔다. 걱정이 앞서지만, 아이의 얼굴이 어린아이 같아서 조금은 편안하게 보낼 수 있었다. 한편으로는 마치 아버지가 다 큰 아들을 보는 듯한 뿌듯함이 느껴졌다. '이제 네가 스스로 책임져야 할 때가 되었으니 가거라.' 그렇지만 세상은 위험하고, 혼자 살아가기는 쉽지 않기 때문에 이것저것 걱정이 많이 되었다.

'내 아들아, 가거라! 나는 매일 기도로 너와 동행하고 주님께서는 언제나 너를 보호하실 것이다.'

11일 토요일

　새로운 전염병은 점점 더 확산하고 있다. 너그럽고 인자한 성남동 성당 주임 신부님 덕분에 두 개의 텐트를 설치하고 거리의 친구들에게 도시락을 제공했다. 토요일인 오늘 저녁과 일요일 아침까지 두 끼의 식사를 나눌 수 있었다. 날마다 함께함의 아름다운 전염을 목격하고 있다. 코로나 바이러스보다 강력한 사랑의 바이러스가 많은 사람을 감염시키고 있다. 지난 10일에는 어떤 단체에서 갈비탕을 제공했고, 매월 25일에는 다른 단체에서 160kg의 오리고기를 보내준다. 그리고 여전히 많은 단체가 우리를 돕고 있다. 가난하고 소외된 사람들을 돕는 마음 착한 사람들을 보는 것은 참 좋다.

13일 월요일

안나의 집에는 아픈 사람만 오지 않는다. 불쌍한 작은 생명도 방문한다. 버림받은 강아지와 다리를 다친 비둘기도 안나의 집 손님이다. 마태오복음에서도 "참새 두 마리가 한 닢에 팔리지 않느냐? 그러나 그 가운데 한 마리도 너희 아버지의 허락 없이는 땅에 떨어지지 않는다."(마태 10, 29)라고 나온다. 아프고 피곤한 작은 새들도 안나의 집에서 편안함을 찾을 수 있으니 다행이다.

14일 화요일

마태오복음에서 예수님은 이렇게 말씀하신다.

"내가 진실로 너희에게 말한다. 이 작은 이들 가운데 한 사람에게 그가 제자라서 시원한 물 한잔이라도 마시게 하는 이는 자기가 받을 상을 결코 잃지 않을 것이다."(마태 10, 42)

안나의 집에서 이 복음 말씀을 깊이 묵상하고 사랑하는 친구들에게 물 600병을 나누어주었다.

거리 청소년들의 어려움에 조심스럽게 다가가고자 열정과 사랑을 가지고 '아지트'를 시작했었다. 그러나 코로나 바이러스의 감염 우려 때문에 지난 6개월 동안 휴식기를 가질 수밖에 없었다. 드디어 오늘 버스는 거리로 나갔다. 놀랍게도 청소년들이 우리를 기다리고 있었다. 한 아이가 "우리를 버리지 않고 돌아와 주셔서 감사합니다."라고 말했다. 아지트는 다시 시작되었다. 어떤 형태로, 어떤 방식으로 진행될지 아직 정하지 못했지만, 이 아이들과 가까워지기를 난 진심으로 원하고 있다. 이들을 버리지 않고, 혼자 두지 않고, 이들 곁에 있을 방법이 무엇일까? 많은 조언을 구하고, 경청하고, 머리를 맞대어 고민하는 과정을 거쳐 방법을 찾아낼 것이다. 반드시 확실하게…….

코로나19가 심각한 단계로 접어들자, 중원경찰서 경찰관들이 매주 수요일마다 봉사하러 온다. 감염 위험 때문에 자원봉사자의 수가 줄어 우리 식구들이 힘들까 봐 오는 것 같다. 중원경찰서 서장님은 안나의 집에 봉사하는 것은 국민을 위한 일이고, 공동체를 섬기는 일이라고 말씀하셨다. 수요일마다 열심히 요리해주시는 중원경찰서 서장님과 경찰관들에게 진심으로 감사하다.

16일 목요일

비가 그치고 더워진 날씨에도 안나의 집 도시락 나눔은 계속된다. 7월 16일 오늘은 초복이다. 사랑하는 노숙인 친구들을 위해 한국 전통에 맞게 맛있는 삼계탕 615인분을 준비했다. 우리의 기쁜 마음이 전해졌는지 거리의 친구들이 참 행복해했다.

안나의 집을 방문하는 친구 중 지팡이를 이용하는 분들이 제법 된다. 어떤 노숙인들은 도시락을 기다리면서 지팡이를 직접 만들기도 한다. 가끔 지팡이가 이동수단이 아닌 몽둥이가 되는 건 비밀이다, 쉿!

오늘도 무사히 아지트 활동을 마쳤다. 80여 명의 청소년은 그동안 이용하지 못했던 아지트에서 행복해했다. 비록 아이들이 아지트에 오래 머무를 수 없어 안타까웠지만 그래도 이게 어디인가! 우리는 아이들을 볼 수 있음에 감사하고, 아이들은 아지트 선생님들을 만날 수 있음에 행복해하니 말이다. 물론 바이러스 감염 방지를 위한 철저한 방역과 소독은 기본으로 했다. 그것도 아주 철저히! 아지트의 워킹 스루는 다음 주에도 계속될 것이다.

토요일마다 안나의 집 노숙인 자활 시설은 특별 방역이 이루어진다. 엔이피라는 방역업체에서 시설 입소자들과 직원들

의 안전을 위하여 매주 방역을 한다. 하대원동사무소에서도
동장님과 주민 대표가 2주에 한 번 방역을 위해 방문한다. 참
으로 감사하다. 감염으로부터 안전하고 건강한 안나의 집이
되면 좋겠다.

20일 월요일

안나의 집은 매일 650여 개의 도시락을 만든다. 이를 위
해서는 30명 정도의 손길이 있어야 한다. 코로나 감염에 대
한 두려움으로 봉사자 수가 줄어 9명에서 12명 정도가 되었
다. 매일 과로하는 직원들의 건강이 걱정되어 기도로 주님
께 맡겼더니, 오늘은 42명의 자원봉사자가 급식소를 찾아왔
다. 그러고는 정말 열심히 일해주었다. 얼마나 감격스러웠는
지……. 어려운 시기에 하나가 되어 도움을 준 모든 봉사자에
게 진심으로 감사하다.

21일 화요일

다양한 종교를 넘어서는 감격스러운 일이 안나의 집에 일

어났다. 대개 사람들은 종교적인 문제로 갈라지고 서로 다툰다. 하지만 오늘 안나의 집에서는 여러 종교인이 모이는 기적이 일어났다.

신부님 두 분, 수녀님 다섯 분, 신학생 네 분, 무슬림 봉사자 한 분, 불교 보살님 한 분, 목사님 부부가 하나 되어, 어려운 사람들을 위해 섬기고 사랑하는 마음으로 열심히 봉사했다. 참사랑을 실천할 때면 종교적 갈등은 없어지고 세상은 아름다워진다. 사랑의 힘은 대단하다.

오늘은 맛있는 도시락과 강원도 옥수수를 함께 드렸다. 늘 그렇듯이 사랑하는 마음과 함께.

22일 수요일

장마여서 많이 우울한 날이었다. 하지만 노숙인 친구들이 쓰고 온 갖가지 모양의 우산이 파티를 하는 것 같아 우울함이 즐거움으로 바뀌었다. 썰렁한 기온을 데워줄 맛있는 갈비탕으로 행복한 수요일을 보낼 수 있었다. 모두 모두 고맙습니다.

23일 목요일

비가 계속 오고 있어서 안나의 집 주방은 덥고 습하다. 대형 솥을 포함한 12개의 화구가 전부 가동되니 주방에 있으면 땀이 줄줄 흐른다. 주방 봉사자 모두가 힘들어하지만, 비 오는 날 한 끼 식사를 받기 위해 줄 서 있는 가족들을 생각하며 힘을 낸다.

폭우가 쏟아져 텐트를 치고 도시락을 나누는데, 한 아저씨가 다가왔다. 우산이 없어서 온몸이 젖은 그분은 "식사를 주셔서 정말 감사합니다. 아무것도 못 먹었는데, 도시락 먹을 생각하니 기뻐요. 잘 먹겠습니다."라고 웃으며 말하고는 사라졌다.

그 한마디에 모든 피곤함은 사라지고 참된 행복이 느껴져 마음이 따뜻해졌다. 이것이 안나의 집 식사가 유지되어야 할 이유이고, 오늘도 힘이 나는 이유이다.

24일 금요일

따스한 식사를 위해 줄을 서 있는 사람들을 보면 지나가는 이들이 비웃는다. 헝겊과 골판지로 채워진 수레를 밀고 있는 모습을 보고 이들을 불쌍히 여기기도 한다. 거리의 친구들은 병원에서조차 치료를 제대로 받지 못한다. 노숙인이라는 이유로. 배가 너무 고파서 구호품을 구하려 할 때면 더러운 거지처럼 위협을 받고 모욕을 당한다. 이들이 안나의 집에 오는 형제자매님들이다. 이들은 우리가 환영하고 사랑하고 봉사할 수 있게 만드는 은총과 기쁨을 가진 부활하신 그리스도의 영광스러운 상처인데……. 우리 가운데 현존하시는 예수님과 예수님의 부활 상처인 사람들과 함께 여정을, 삶을, 식사를 나누며 사는 나는 참으로 운이 좋은 사제다.

그렇지만 요즘 친구들을 보면 마음이 많이 아리다. 집도 없이 거리에서 생활하고, 한 끼 식사를 받기 위해 1시간 넘게 기다린다. 온종일 폐지를 열심히 주워도 손에 쥐는 건 겨우 5천

원 남짓이고, 다쳐도 제대로 된 치료를 받을 수조차 없다. 인간으로서 누려야 할 기본적인 것도 제대로 못 누리고 살아간다. 삶이 얼마나 고될는지……. 도시락을 받기 위해 모이는 노숙인 친구들이 '오늘은 어디서 보내야 하나, 무엇을 먹을 수 있을까.'라며 걱정하는 것을 보면 마음이 찢어진다. 이들이 사람으로부터 받은 몸과 마음의 상처가 십자가에 못 박혔던 예수님의 상처라고 생각한다. 예수님의 상처를 치유하듯 한 사람 한 사람 사랑으로 대하려 한다. 인간으로서 기본적인 것조차도 누리지 못하는 이들을 위해 기도한다. 모두 함께 기도해주세요. 아멘!

더운 여름이 되면 어머니들은 가족의 건강을 위해 보양식을 준비한다. 안나의 집에서도 어머니의 마음으로 거리 생활로 몸이 지쳐 있을 노숙인들을 위해 영양 가득한 보양식을 만든다. 오늘은 사랑하는 친구들의 영양을 위해 돼지고기 140kg으로 매콤달콤한 제육 덮밥을 만들었다. 맛도 영양도 사랑도 가득한 안나의 집 도시락!

26일 일요일

집에서 70m 정도 떨어진 곳에 작은 문이 있다. 옷장 문이 아닐까 하는 생각이 들 정도 크기가 작은 문. 오랫동안 지켜봐도 문밖에는 없었는데……. 그런데 며칠 전 한 노인이 지저분한 행색으로 힘없이 그 문을 열고 나오는 것을 보았다. 몇 년을 그 옆에서 살았는데 주변에 숨겨진 빈곤을 모르고 있었다니……. 내 자신이 부끄러웠다. 그리고 어딘가 숨어 있듯 지내는 많은 빈곤층이 떠올라 마음이 아렸다.

28일 화요일

성남 맛집 안나의 집 오늘 메뉴는 짜장덮밥, 된장국, 김치, 달걀, 물이었다. 짜장덮밥 600인분을 만들기 위해 검은 옷을 입은 주방장 네 분이 뭉쳤다. 함께 의논하며 만든 짜장은 사랑까지 더해져 맛이 아주 훌륭했다. 오늘도 애써주신 모든 봉사자에게 진심으로 감사하다.

30일 목요일

아이들을 지켜주는 트럭, 아지트의 생일이다. 꼬박 5년 전 오늘 아지트가 활동을 시작했다. 그동안 어려움에 부닥친 42,224명의 청소년을 만났다. 이들을 기쁘게 맞이하고, 마음으로 이야기하고, 서로 돕고, 많이 사랑했다고 생각한다. 보람을 느낄 만큼……. 그러나 사춘기 아이들을 만나기 위해 도시의 어둡고 위험한 거리로 나가는 일은 결코 평온하지 않았고 쉽게 만족감도 주지 않았다. 절대 안주하면 안 되기 때문이다. 지난 5년 동안 우리가 한 가장 잘한 일은 거리에 머무르는 것이었다. 아이들이 도움을 청할 때, 위기에 처했을 때 함께 있어 주기 위해서. 버려지고, 아프고, 홀로 남겨진 아이들의 곁에 있어 주기 위해서. 요즘같이 전염병으로 모든 것이 더

위태롭고, 더 위험하고, 더 불안정해진 시기에는 더더욱 같이 있어 줘야 한다. 아지트는 어려움에 부닥친 청소년들의 마음에 속삭인다.

'아지트에서 널 기다리고 있어.'

31일 금요일

저녁 식사를 기다리면서 행복하게 춤추는 노숙인을 보곤 한다. 그때마다 생각하게 된다. 행복의 기준은 무엇일까? 많은 돈, 멋진 차, 커다란 건물이 있다면 행복할까? 행복은 만들어지는 것이 아니라, 주어진 것을 발견하는 순간에 찾아오는 게 아닐까? 식사를 기다리면서 춤을 추는 것, 노숙해도 강아지를 키우는 것, 맛있고 사랑 가득한 도시락을 받는 것, 언제든 환한 미소를 지을 수 있는 것 등등. 안나의 집 가족들은 가난하지만 참 행복한 부자들이다.

8월

□
■

1일 토요일

　예수님께서 "그들을 보낼 필요가 없다. 너희가 그들에게 먹을 것을 주어라." 하고 이르시니, 제자들이 "저희는 여기 빵 다섯 개와 물고기 두 마리밖에 가진 게 없습니다." 하고 말하였다. 예수님께서 "그것을 이리 가져오너라." 하시고는, 군중에게 풀밭에 자리를 잡으라고 지시하셨다. 그리고 빵 다섯 개와 물고기 두 마리를 손에 들고 하늘을 우러러 찬미를 드리신 다음 빵을 떼어 제자들에게 주시니, 제자들이 그것을 군중에게 나누어 주었다. 사람들은 모두 배불리 먹었다. 그리고 남은 조각을 모으니 열두 광주리에 가득 찼다.(마태 14, 16–20)

　이 복음을 오늘 안나의 집에서 실천했다. 643명의 친구에게 성남 맛집의 도시락을 나누었다. 안나의 집 식구들은 복음을 해석하거나 논의하지 않는다. 우리는 그저 복음대로 살려고 하고, 복음을 구체화하려 노력할 뿐이다. 토요일인 오늘은 맛있는 도시락을 전달하기 위한 두 개의 천막을 설치하였다.

3일 월요일

비가 올 것처럼 하늘은 흐릿하고 높은 습도로 무척 후덥지근해 저절로 인상이 찌푸려지는 하루다. 그렇지만 안나의 집 급식소는 환한 미소의 봉사자들 덕분에 밝고 생기가 가득하다. 코로나에 감염될까 두렵고 무서운 시기인데도 도시락을 만들겠다며 귀한 땀방울을 흘리는 모든 봉사자에게 감사함을 전한다.

오늘 메뉴는 백미밥, 미역국, 김치, 달걀 장조림, 북어채 무침, 김, 백설기, 그리고 설탕이었다. 코로나 예방을 위한 마스크도 잊지 않고 챙겨 나눴다.

4일 화요일

경기도 광주 광남동 성당의 주임 신부님과 본당 신자들은 한 달에 한 번 안나의 집을 방문한다. 가난한 이들에게 봉사하러 오는 것이 습관처럼 되었나 보다. 늘 주임 신부님이 솔선수범하여 앞치마를 두르고 설거지를 한다. 선한 목자의 모습이다. 교회가 가장 낮은 자를 섬겨야 하는 것도 보여준다. 참 감사하다.

5일 수요일

우리의 친구들을 위한 저녁 식사 배급이 한창일 때였다. 갑자기 비명과 함께 무엇인가 부딪히고 부서지는 소리가 들렸다. 헐레벌떡 소리가 나는 곳으로 가보니 돌을 들고 있는 노숙인 한 사람이 눈에 들어왔다. 그는 돌로 길가에 주차된 차의 창문을 부수고 있었다. 112에 신고한 뒤 그를 진정시키려고 노력했다. 나와 그 사람이 얘기를 하는 사이, 직원이 천천히 그에게 다가가 그의 손에서 돌을 빼내었다. 나는 그의 팔을 잡아주었다. 출동한 경찰이 그에게 자동차 창문을 왜 부수었냐고 물었더니, "저기에 있는 사람들이 창문을 부수라고 명

령했다."고 대답했다. 그러나 그렇게 말한 사람은 아무도 없었다. 조현병의 전형적인 모습이었다. 경찰이 그를 연행해가는 동안 우리 직원들은 자동차 소유주에게 연락하였다. 상황을 설명하고, 깊이 사과하고, 언제까지 손해에 대한 비용을 상환하겠다고 약속했다.

6일 목요일

시간당 40mm가 넘는 많은 비가 내렸다. 이 빗속에 도시락을 받기 위해 거리에 서 있는 노숙인들을 생각하니 마음이 매우 아팠다. 비에 젖어 떨고 있을 친구들을 위해 따뜻한 밥과 뜨끈뜨끈 갈비탕을 준비했다. 사랑으로 만든 도시락이 우리 가족들의 마음을 따뜻하게 해주면 좋겠다.

주변 주민들의 민원이 접수된 모양이다. 동네 사람들 다섯 분과 함께 경찰들이 안나의 집을 찾아왔다.

"왜 멀쩡한 사람들에게 밥을 주나요?"

이 똑같은 질문을 또 반복한다. 정말 너무들 한다.

겉보기에는 정상으로 보이지만 노숙인들은 그렇지 않은 경우가 대부분이다. 정신적 문제, 육체적 문제, 경제적 문제, 심리적 문제에 성격적 결함, 사회성 결여까지 복잡한 문제가 얽혀 있는 사회적 약자들인데……. 단 1분이라도 그들과 이야기를 나누어보면 이들이 얼마나 힘든 시절을 보냈고 지금껏 어떻게 살아왔는지 알 수 있다. 대부분이 어릴 때부터 이루어진 학대와 방임으로 정서가 매우 불안한 사람들이다. 마음의 상처로 사회에 적응하지 못하는 작은 이들을 사회는 보호해줘야 하는 의무가 있다. 제발 겉모습이 아닌, 마음으로 사람을 보는 세상이 되면 좋겠다.

8일 토요일

KLC의 아름다운 청년들이 4개월째 매주 토요일마다 급식소를 찾아오고 있다. 이 청년들은 버림받고 가난한 이들을 위해 열정과 기쁨으로 일을 한다. 안나의 집에 토요일마다 오기 위해 기금을 마련하고, 재료를 준비하며, 음식을 만드는 데 헌신하는 젊은이들을 만나서 기쁘다. 이런 젊은이들이 우리 사회의 아름다운 얼굴이다.

코로나 바이러스로 인한 사회적 거리 두기가 실시되는 요즘, 안나의 집에는 사랑과 나눔의 바이러스가 퍼지고 있다. 많은 봉사자는 바이러스 감염에 대한 두려움을 극복하고 최선을 다해 봉사한다. 특히 방학이라 많은 젊은 청년들의 재능 나눔도 이어지고 있다. 도시락을 마련하는 데 보탬이 되고 싶다며 후원금을 보내는 분들도 많다. 코로나로 인해 삶에 제약이 많아 불편하고 힘들고 지치지만 이런 아름다운 사람들 덕분에 힘을 낼 수 있다.

"신부님, 제가 첫 월급을 받았습니다. 첫 월급을 뜻깊게 쓰고자 전액을 모두 코로나로 고통받는 이들을 위해 사용하고 싶습니다. 도움이 절실한 이들을 위해 사용해주세요."

"가게를 운영하는 사람입니다. 저도 상황이 어렵지만, 저보다 더 힘든 이들을 위해 사용했으면 싶어서요."

게다가 나라에서 지원해준 긴급재난지원금 카드를 가지고 온 후원자도 있다. 생각보다 나눔을 실천하는 이들이 많다는 사실에 언제나 감동받곤 한다.

이뿐만이 아니다. 천사 같은 학생 다섯 명이 안나의 집을 찾아왔다. 이 아이들은 '많은 이들이 힘들어하는 요즘, 사회를 위해 할 수 있는 일은 무엇이 있을까'를 고민했다고 한다. 함께 의논한 끝에 가장 많이 사용하는 마스크를 만들어 나누기로 했다고…….

그래서 고사리 같은 손으로 정성껏 만든 마스크와 손 소독제 그리고 직접 쓴 편지를 가지고 안나의 집에 방문했다. 아이들이 만든 마스크를 다섯 분의 노숙인에게 전달하였다. 며칠 뒤 마스크를 받은 노숙인 중 한 명이 답장을 써왔다. 마음이 아름다운 학생이라며 꿈을 갖고, 무엇이든 포기하지 말라는 응원을 담은 편지였다.

코로나라는 무서운 바이러스로 인해 불편하고 힘들지만, 이로 인해 나눔의 행복을 실천하는 이들이 많아져 더 빛나는 세상이 되어가는 것 같아 다행이다.

10일 월요일

오늘도 어김없이 비가 내렸고, 어김없이 안나의 집은 문을 열었다. 한창 도시락을 돌리고 있는데 한 친구가 왔다.

"왜 우산도 없이 다니세요? 비도 많이 오는데……."

아저씨는 머쓱한 듯 "우산이 없는 것도, 비 오는 것도 아무렇지 않아요. 배고픔이 가장 무서워요."

그래서 안나의 집은 이분들의 한 끼를 놓칠 수가 없다. 이 소중한 한 끼를 위해 최선을 다해야 한다.

11일 화요일

4년 반 동안 소외되고 배고픈 이들을 위해 성실하게 식사를 준비한 조 주방장님의 생일이다. 날마다 따뜻한 저녁을 위해 노력한 조 주방장님에게 감사의 의미로 생일맞이 미역국을 준비했다.

생일 축하합니다. 항상 노력해주셔서 감사합니다!

12일 수요일

제법 오랫동안 안나의 집에 오는 분이 있다. 술도 안 마시고, 여든이 넘은 나이에도 폐지를 모으는 성실하고 착한 분이다. 그런데 오늘은 술에 잔뜩 취해 억지로 도시락을 가져가려 했다. 그러지 말라고 제지하던 봉사자의 팔까지 물려고 했고. 이 모습을 보고 무척 놀랐다. 무슨 이유로 술을 마셨을까……. 마음이 너무 아팠다. 다음번에는 맑은 정신으로 오기를 바라며 도시락을 가져다주었다. 고통을 딛고 일어나 건강한 모습으로 다시 만나기를 기도했다.

13일 목요일

몇 달 전 깜깜한 새벽에 교통사고를 당하신 분이 있다. 응급실로 옮겨졌지만, 응급실에서는 소독만 해주고 제대로 된 치료를 하지 않고 돌려보냈다. 사고를 낸 운전자의 제안대로 합의서에 사인은 했지만 돈은 아직도 받지 못했다. 그런데 그때 다친 상처가 덧나 걸을 수조차 없게 부어올랐다. 상태가 심각해 급하게 병원을 갔다. 사고 운전자에 대한 어떠한 정보도 가지고 있는 게 없어, 법적으로 아무것도 해결할 수 없는 상황이라 안타까웠다. 무엇보다 더운 날씨에 제대로 걷지도 못하며 아파하는 모습이 너무 속상하다. 걸어서 안나의 집까지 오기도 너무 어렵다고 하니……. 가난하고 법을 잘 모른다는 이유로 이런 대우를 받는 일이 결코 있어서는 안 된다.

14일 금요일

코로나로 인해 도시락을 만들기 시작한 지 6개월이 흘렀다. 코로나 시기가 장기화하면서 봉사자와 후원자가 줄어들까 걱정했지만, 하루 평균 40명 정도의 봉사자가 방문하고 있다. 지역사회의 어려운 이들을 위해 나눔을 실천하는 멋진 기업들도 여전하다. 어떤 기업은 식료품을 후원해주기도 하고, 어떤 기업은 도시락을 후원해주기도 한다. 작은 힘이 하나씩 모여 놀라운 기적이 일어났다. 오늘도 아름다운 봉사자와 멋진 후원자들 덕분에 650여 명에게 따뜻한 도시락을 나눠줄 수 있었다. 모두가 함께해 가능한 일이다. 정말 감사하다.

15일 토요일

기나긴 장마로 아주 습한 날이었지만, 안나의 집 봉사자들은 사랑하는 마음으로 650개의 도시락을 준비하였다. 오늘도 역시 도시락을 전달하기 위해 두 개의 천막을 설치하였다. 말복맞이 삼계탕은 저녁 식사로, 내일 아침 식사로는 빵 두 개와 물, 복숭아, 떡볶이와 삶은 달걀을 도시락에 담았다.

17일 월요일

안나의 집은 정부 지침에 따라 2m 거리 두기, 손 소독하기, 마스크 착용을 항상 지켜왔다. 요즘은 코로나 확산에 따라 경기복지거버넌스와 사회복지공동모금회에서 지원받은 열화상 카메라로 한 명씩 체온을 체크한 후 도시락을 나눠주고 있다. 앞으로도 건강한 식단, 안전한 사회를 위해 노력하는 안나의 집이 될 것이다.

18일 화요일

장마가 끝나자마자 전국에 폭염 특보가 내려졌다. 비 때문에 그리 고생을 했는데 이제는 더위 때문에 많은 분이 고생한다. 쉽지 않은 상황인데도 사랑하는 친구들을 위해 따뜻한 정이 가득한 도시락을 전하려 애를 쓴다. 한 치 앞도 내다볼 수 없는 불안한 상황이지만, 방역수칙을 철저히 준수하며 오늘도 성실히 봉사한다.

19일 수요일

어제 저녁 정세균 국무총리가 '코로나19 대응 관련 대국민 담화문'을 발표, 더욱 강력한 사회적 거리 두기를 요청했다. 이에 따라 안나의 집에서도 더욱더 철저한 방역을 진행할 예정이다. 마스크를 주 2회(월, 목) 제공하고, 열화상 카메라로 체온을 정확히 측정할 뿐 아니라, 손 소독을 의무로 시행하고, 2m 이상 철저한 거리 두기로 사람 사이의 비말 접촉을 차단하려 한다. 번거롭고 불편하지만, 할 수 있는 노력을 다하여 감염을 예방할 것이다. 사랑하는 친구들이 배불리 먹고 건강할 수 있도록 말이다.

'사랑의 기념비' 안나의 집 신축 2주년!

많은 분들의 기도와 사랑으로 만들어진 사랑의 기념비. 안나의 집은 신축 1주년을 맞이하여 건물 맨 위에 스테인드글라스로 부활하신 예수님의 형상을 만들었다. 예수님은 양손을 벌려 고통받는 어려운 이들을 따뜻하게 환영하고 계신다. 나는 버림받은 이들은 예수님의 상처라고 믿고 있다. 그래서 안나의 집은 부활하신 예수님의 상처를 치유하기 위해 어렵고 소외된 사람들을 언제든지 환영한다. 이들이 의지하고 안길 수 있는 기관이 되고자 노력하고 있다.

항상 안나의 집을 위해 기도해주고, 함께해주는 모든 분에게 다시 한번 감사를 전한다. 또한 안나의 집 가족들을 위해 기도한다.

21일 금요일

성남의 확진자가 일주일 사이에 60여 명이 늘어나면서 더 꼼꼼하게 정부 지침을 지키고자 노력하고 있다. 확진자가 늘어나면 늘어날수록 우리 가족들에게 도시락을 나눠줄 수 없을까 봐 마음이 아프고 불안하다. 언제까지 도시락을 지급할 수 있을까를 생각하면 답답해져서 잠을 설치곤 한다. 확진자가 더 늘어나지 않도록 기도해야겠다.

안나의 집 도시락이 유일한 하루의 식사인 분들에게 달걀국, 짜장밥, 단무지, 김치를 제공했다.

22일 토요일

코로나 바이러스 감염 예방을 위해 센터 건물 전체를 소독하였다. 방역을 철저히 하는 건 당연하지만, 건물 전체를 소독하는 건 쉽지 않다. 한편 갑작스레 폭우가 내리는 바람에 거리에 있는 우리 친구들이 많은 고생을 했다. 여러모로 어려운 상황이었지만 봉사자들 덕분에 사랑하는 친구들에게 두 끼를 제공할 수 있었다. 오늘 저녁 메뉴는 현미밥, 배추김치, 감자탕, 구운 달걀이었고, 내일 아침 메뉴는 빵, 음료수, 옥수수였다.

24일 월요일

조금도 긴장을 늦춰서는 안 되는 상황이 계속되고 있다. 이런 상황에 두 곳의 무료 급식소가 문을 닫았다. 굶주릴 친구들을 생각하니 마음이 너무 아프다.

안나의 집은 상황의 엄중함을 인지하여 더욱 신경을 쓴다. 철저한 방역수칙 준수만이 친구들을 위해서 할 수 있는 소중한 노력임을 알기 때문이다. 오늘도 건물 전체 소독을 진행하였다. 봉사자들에게 마스크와 장갑, 고글을 제공하여 바이러스 전파를 차단하려 했다. 한 명 한 명 체온을 체크하고, 손 소독을 의무적으로 실시하고, 2m 이상 거리 두기도 철저히 지켰다. 불안한 상황이지만, 할 수 있는 최대한의 노력을 기울여야 한다. 그래야 사랑하는 노숙인 친구들의 건강과 행복을 지켜줄 수 있다.

26일 수요일

며칠 전 안나의 집에 이탈리아 대사관 문화원의 파올라 치콜렐라 원장님이 소울 자동차 한 대를 기증해주었다. 노숙인과 청소년 사업에 보탬이 되길 바란다면서.

주신 차량은 뜻에 맞게 노숙인과 청소년을 위해 사용하겠습니다. 감사합니다.

27일 목요일

안나의 집 공동생활가정에는 초롱초롱한 눈을 가진 아이가 있다. 공동생활가정을 방문할 때면 '사랑한다'고 인사를 하고, 맛있는 간식을 챙겨간다. 지난 토요일에 이 아이가 다가와 "신부님, 이거 받으세요."라고 속삭이면서 자기의 용돈인 천 원을 주었다. 이 돈을 왜 주냐고 물어봤더니, "더운데, 시원한 아이스크림 사드세요."라면서 따뜻하게 안아주었다. 돈으로는 절대 살 수 없는 감동을 아이에게서 받았다. 어찌나 감사하던지……

한 달 전 세 쌍의 이탈리아인 부부가 아이들과 함께 안나의 집을 방문했다. 이들은 아이를 입양하기 위해 한국에 왔다. 여러 가지 서류를 준비하고, 법원에도 다녀와야 했기 때문에, 약 한 달 정도 한국에 체류하였다. 이들은 체류 기간 중에 안나의 집에 와 봉사했다.

이들이 출국을 앞두고 안나의 집에 인사하러 왔다. 봉사하러 왔을 때는 없었던 사랑스러운 한국 아기들이 이들의 품에 안겨 있었다. 입양한 갓난아기들과 함께한 아름다운 모습에 깊이 감동하였다.

이탈리아에서 함께 온 세 명의 아이들과 새로 가족이 된 세 명의 아기들, 그리고 이 아이들을 사랑으로 기르게 될 아름다운 부모들과 함께 기도한 후 따뜻한 마음으로 인사를 나누었다. 이들이 행복한 성가정을 이루길 기도한다.

29일 토요일

서울에 있는 무료급식소 세 곳이 문을 닫게 되었다는 소식을 들었을 때 속상했다. 그렇기에 더 많은 노숙인이 안나의 집으로 찾아오고 있다. 안나의 집마저 서울의 무료급식소들과 같이 문을 닫게 될까 걱정이 된다. 그래서 자체적으로 방역과 관련된 사항들을 강화하였다. 법인 사무실과 식당으로 들어오려는 모든 사람들을 대상으로 체온을 체크하고 손 소독을 실시했다. 안타깝지만 노숙인의 화장실 출입과 정수기 사용을 완전히 금지하였다. 여전히 많은 노숙인이 오전 일찍부터 와서 도시락 배급이 시작되는 오후 3시까지 기다리는데, 마스크를 하지 않은 채 화장실과 정수기를 사용했기에 이러한 조치를 시행한 것이다.

노숙인들은 안나의 집으로 왜 일찍 올까? 사실 일거리가 없거나 돈이 없어서 노숙하는 경우는 많지 않다. 이들에게는 정신적, 육체적, 경제적인 부분뿐 아니라 성격이나 사회성 부분에서도 문제가 있어서 노숙을 하는 것이다. 많은 노숙인을 상담하면서 이러한 문제는 유년 시절의 성장 환경과 밀접한 연관이 있다는 사실을 알게 되었다. 이들은 어린 시절에 방치, 가정 폭력 등에 노출되었다. 다시 말해 어릴 때 받지 못한 사랑과 교육, 관심이 자신감 하락으로 이어져 사회생활을 불가능하게 한 것이다.

많은 노숙인들이 안나의 집에서 집과 같은 안정감을 느낀다고 했다. 안나의 집을 자신의 집으로 생각하기에 일찍 오고 싶은 것이다. 그러나 정부가 코로나 바이러스 대응 단계를 2.5단계로 격상시켰기 때문에 출입을 제한하고 있다. 마음이 아프지만 계속해서 노숙인 친구들에게 도시락을 제공하려면 지금과 같이 해야만 한다.

한 심리학과 교수가 인간은 40일 동안 음식을 먹지 않아도 죽지 않지만, 단 나흘 동안 사랑과 인정을 받지 못하면 대부분은 자살을 선택한다는 연구 결과를 발표했다고 한다. 인간에게 중요한 것은 음식이 아니라 사랑과 따뜻한 환대, 인정이라는 얘기다.

매일 저녁 도시락 배분을 시작할 때마다 안나의 집 봉사자들에게 "지금까지는 몸으로 노력 봉사하셨습니다. 이제부터는 사랑하는 마음으로 봉사합시다!"라고 한다. 노숙인들은 불쌍한 존재이거나 우리보다 못한 사람이 아니다. 그들 또한 우리와 같은 인간이다. 그래서 이들이 가지고 있는 인간의 존엄성을 존중해주려고 노력한다. 그렇기에 오늘도 사랑하는 마음으로 정성을 다하여 봉사한다.

9월

1일 화요일

요즘 들어 갑자기 심장이 빨리 뛰는 것 같아 병원에 가서 검사를 받았다. 모든 테스트를 한 후 의사 선생님은 스트레스가 가장 큰 원인이라고 했다. 충분한 휴식과 운동을 통해 스트레스를 줄여나가야 하고, 커피를 마시지 말라고 했다.

지금 생각해보면 몸이 아프게 된 이유가 분명 있었다. 지난 8개월 동안 예전보다 더 막중한 책임감을 느꼈다. 나를 비롯한 직원 중 한 명이라도 확진을 받으면 매일 안나의 집을 찾아오는 650명의 친구들이 식사를 못하게 되기 때문이다. 이 걱정과 불안으로 스트레스가 커졌다. 도시락을 중단해야 한다는 생각만으로도 마음이 너무 아프다. 그래서 사랑하는 노숙인 친구들을 계속 섬길 수 있게 해달라고 기도한다.

다시 밤 9시에 자고 아침 6시에 일어나는 생활을 시작해야겠다. 자전거를 재미있게 타는 시간을 만들고, 아주 좋아하는 에스프레소도 포기해야겠다. 그러나 무엇보다도 제일 중요한 것은 예수님께 매일 나의 생활을 의탁하는 것이다. 기쁜 마음으로 계속해서 봉사하고 싶기 때문이다.

2일 수요일

두 번째로 코로나 바이러스 감염자가 많은 시기를 보내고 있다. 이로 인해 봉사자 수가 많이 줄었지만, 예수님의 도우심으로 5월부터 여섯 명의 신학생들이 안나의 집에서 사목 실습과 봉사를 하고 있다. 대전신학교에 다니는 최현민 요셉, 김태일 라파엘, 나두영 프란치스코, 김한구 프란치스코와 서울신학교에 다니는 안수호 막시모, 오블라띠회 소속의 김현조 유스티노 신학생들은 급식소와 청소년 쉼터에서 예수님을 닮은 사제가 되기 위해 봉사하고 있다. 정말 큰 도움이 되고 있다. 특히 이들은 남들이 하지 않는 일들, 어렵고 힘든 일들을 먼저 나서서 한다. 다른 봉사자들보다 먼저 나오고 가장 늦게 집에 간다. 설거지하고, 쓰레기를 줍고, 이웃 주민들에게 피해가 가지 않도록 노력한다. 무엇보다도 노숙인들을 직접 만나 그들의 이야기를 들어주고 필요한 도움을 주려고 한다. 그 모습이 정말 예쁘다. 이 친구들은 정말 훌륭한, 예수님을 닮은 좋은 사제가 될 거라고 생각한다.

후원자들 덕분에 사랑하는 노숙인 친구들에게 저녁 식사 뿐만 아니라 아침 식사까지 챙겨줄 수 있었다.

저녁 메뉴는 백미밥, 새우 초무침, 무말랭이, 배추김치, 닭곰탕이고, 아침 식사로 도넛과 야채 샐러드, 파인애플을 준비했다.

3일 목요일

엄청난 비가 쏟아지는데, 몸이 앙상한 할아버지가 우산도 없이 도시락을 받으러 왔다. 며칠을 굶었는지, 비가 내리는데도 허겁지겁 도시락을 먹기 시작했다. 노숙하는지 지저분한 옷에서는 악취가 진동했다. 온몸이 젖은 할아버지에게 물었다.

"할아버지, 우산도 없이 어떻게 오셨어요?"

그는 지친 목소리로 대답하였다.

"다른 무료급식소가 다 문을 닫아, 서울에서부터 지하철을 타고 왔습니다. 배가 너무 고파서요."

쏟아지는 비에 우산도 없이 되돌아가는 할아버지를 위해 지하철역까지 함께 걸었다.

"할아버지 나이가 어떻게 되세요? 주무실 곳은 있나요?"

"저는 83살입니다. 가족도, 집도 없어 지하철역 안에서 노숙하며 지냅니다."

"가족이 왜 없으세요? 무슨 일이 있었나요?"

그는 한숨을 쉬며 "20년 전 아내와 사별했어요. 자식이 셋 있지만, 사업 부도로 같이 살 수 없어 뿔뿔이 흩어졌어요. 가족 없이 지하철에서 지낸 지도 벌써 16년이 넘었네요."라고 했다.

마음이 너무 아팠다. 할아버지를 위해 할 수 있는 건 그저 따뜻한 도시락 한 끼를 드리는 것뿐이었다. 할아버지는 미안해하는 나를 안아주면서 말했다.

"배고픔보다 무서운 건 없는 것 같아요. 다른 곳은 다 문을 닫았지만 안나의 집에서는 꾸준히 도시락을 나눠줘서 너무 행복합니다. 신부님 내일 또 오겠습니다. 오늘 감사했습니다."

이게 바로 안나의 집이 존재해야 하는 이유, 도시락을 만들어 나눠야 하는 이유이다.

4일 금요일

대부분의 사람들은 도시락을 받으러 오는 노숙인들이 휴대폰을 사용하는 것을 보면 놀라 한다. '어떻게 휴대폰을 가지고 있지? 가난한 사람들 아닌가?'라고 생각하기 때문이다.

30년 전에 처음 성남에 왔을 때 거리에 거지가 많았다. 식당 앞에서 먹을 것을 구걸하고, 해지고 찢어진 옷을 걸치고 거리에서 돈을 달라고 손을 내미는 거지의 전형적인 모습을 한 사람들을 많이 볼 수 있었다. 그러나 지금은 새로운 모습의 가난한 사람이 많다. 30년 전보다 경제적으로 많이 발전했기에 사회 복지 분야에도 변화가 생겼지만, 여전히 거리에 머무는 사람들이 있다. 돈이 없어서라기보다는 문제가 있어서 길에서 사는 것이다. 주머니가 비어서 가난한 것이 아니고, 머리와 마음에 깊은 상처가 생겨서 가난해진 것이다. 현대 사회는 똑똑하고 빠르고 넓고 복잡한데, 이를 따라가지 못하면 소외되어 내쳐진다.

요즘 휴대폰은 누구나 쉽게 구할 수 있다. 그렇기 때문에 경제적인 가난을 기준으로 노숙인들을 정의할 수는 없다. 머리와 마음이 아픈 친구들을 위해 오늘도 사랑하는 마음으로 봉사했다.

5일 토요일

건장하고 잘생긴 아저씨가 마지막 인사를 건넸다.

"신부님, 정말 감사합니다. 저는 고시원 단칸방에서 지내며 건설 현장에서 일하고 있었는데, 팔을 크게 다쳐서 일을 못하게 되었습니다. 돈을 벌 수 없었던 3개월 동안 안나의 집으로 식사하러 왔었지요. 안나의 집 덕분에 건강해져서 내일부터 다시 일할 수 있게 되었어요. 그동안 진심으로 감사했습니다."

아픔을 딛고 일어선 친구의 모습을 보니 마음이 따뜻해졌다. 정말 행복한 마지막 인사였다. 이렇게 어려운 사람들의 손을 잡아주고, 희망을 주는 것이 우리 집의 가장 큰 역할이다.

토요일 저녁 식사로는 소고기뭇국, 기장밥, 어묵볶음, 꽁치

구이, 배추김치를, 일요일 아침 식사로는 컵라면, 구운 달걀, 빵과 우유를 제공했다.

7일 월요일

열 번째 태풍 하이선으로 인해 많은 사람이 고생하고 있다. 이럴 때 정부는 국민들에게 신경을 쓴다. 재난 문자나 대피소 안내 등을 통해서. 이런 때일수록 우리는 더 어려운 사람들에게 관심을 보내야 한다. 안나의 집을 찾아오는 몇몇 친구들은 집이 없다. 고시원이나 여인숙 등에서 기거하는 사람이 35% 정도이고, 나머지 중 절반은 제대로 된 옷도 없이 길에서 살고 있다. 또 약 30%의 독거노인들은 지하 단칸방에서 습기와 곰팡내 때문에 고생하고 있다.

요즘같이 비가 오는 날이면 가난한 친구들은 우산도 없이 오거나 우산 대신 박스를 쓰고 온다. 비가 다 들어오는 샌들이나 슬리퍼만 신고 멀리에서 여기까지 온다. 비를 맞으며 도시락을 기다리고 길에서 먹어야 하기에 아주 마음이 아프다. 좋지 않은 날씨에도 하루 한 끼의 식사를 위해 안나의 집을 찾아오는 사랑하는 친구들을 위해 기도해주길……

지난 밤 걱정으로 쉽게 잠들지 못했다. 어제 안나의 집에 오시는 할아버지 한 분이 길가에 쓰러져 있다는 소식을 듣고 급히 그곳으로 갔다. 할아버지 옆에는 119 구조대원들이 서 있었다. 방호복을 입은 대원들은 그분의 체온이 38도가 넘어 코로나가 의심된다고 했다.

할아버지뿐만 아니라 나를 포함한 다른 사람들까지 코로나 바이러스에 감염된 건 아닐까 걱정되었다. 내일 급식소를 열 수 있을까? 나와 직원들, 봉사자뿐만 아니라 식사하러 오는 친구들 중 한 명이라도 확진자가 나온다면, 그날부터 급식소는 문을 닫아야 하고 친구들은 굶어야 한다. 그래서 밤새 한숨도 잘 수 없었다.

오늘 병원에서 연락이 왔고 검사 결과는 다행히 음성으로 나왔다. 할아버지는 왕십리에서 오는 분으로 78세 고령에다 지병이 있는 상태에서, 제대로 식사하지 못해 빈혈로 쓰러졌다고 한다.

아주 힘든 시기이지만 사랑하는 친구들이 식사할 수 있기를 매일매일 예수님께 기도드린다. 여러분들도 함께 기도해 주세요.

도시락을 나누고 있는데, 양복을 단정히 차려입은 아저씨가 다가왔다. 봉사자가 도시락을 건네자, "도시락을 받으러 온 게 아니라 신부님과 상담하러 왔습니다."라고 했다. 함께 사무실에 들어와 차를 마시며 이야기를 나누었다.

그는 어렸을 때 입양되었는데, 새 아버지가 자기를 농장의 일꾼으로 대했다고 한다. 새 아버지가 날마다 술을 마시고 때려서, 견디다 못해 가출했다고 한다. 그때부터 노숙인이 되어 길에서 살고 있으며, 여러 번 죄를 짓고 교도소에 다녀왔다고 했다. 몸도 좋지 않아 심장 질환이 있다고……. 주민등록증이 없어서 구직하기가 어려운 게 가장 큰 문제라고 했다. 지금 다니려는 직장에서도 주민등록증을 요구한다고 했다.

"무엇을 원하세요? 어떻게 도와드릴까요?"

그러자 그는 "잠을 잘 수 있는 곳이 필요해요. 주민등록증이 말소됐기 때문에 주소를 갖고 싶고요."라고 했다. 나는 안나의 집에서 운영하는 노숙인 쉼터를 안내했다. 그러나 그는 다른 사람과는 살 수 없다고 했다. 그래서 성남에 있는 한 고시원을 소개했다.

"성남은 싫습니다. 그리고 고시원 말고 원룸에서 살고 싶어요. 일하려는 곳이 서울에 있으니 서울에 집을 얻고 싶습니다." 라고 말했다.

"저희가 월 30만 원씩은 지원해드릴 수 있습니다."라고 했더니 그는 월 60만 원짜리 원룸에서 살고 싶다고 하였다.

그건 안 된다고 하자, 그의 태도가 변하면서 "거짓말쟁이! 신부님들은 도와준다고 해놓고 안 도와준다."라며 심하게 욕하기 시작했다. 그러면서 계속해서 돈을 달라고 했다.

그는 처음에 인간답게 살고 싶다고 했다. 이런 사람들을 위해 주소지를 안나의 집으로 바꿔서 주민등록증을 만들 수 있게 한다. 그러면 구직해서 돈을 벌 수 있다. 집이 필요하면 안나의 집에서 가지고 있는 예산으로 집을 구해준다. 옷이 필요하면 매주 나눠주는 옷을 받을 수 있다.

그런데 그가 원한 것은 인간다움이 아니라 거짓말을 해서라도 돈을 얻는 것이었다. 돈을 얻기 위해서 거짓으로 도와달라고 한 것이다. 안나의 집을 찾아오는 친구 중에는 이렇게 거짓말하는 친구들도 있다. 모두가 같지는 않다. 그러나 모든 친구를 위해서 저녁을 준비하고 예수님께 기도해야 한다.

루카복음 6장의 '참행복' 부분을 읽고 고민이 되었다. 예수님의 말씀을 받아들이기가 어려웠기 때문이다. 예수님은 "행복하여라, 가난한 사람들! 행복하여라, 지금 굶주리는 사람들! 행복하여라, 지금 우는 사람들!"이라고 말씀하셨다. 어떻게 안나의 집을 찾아오는 어려운 노숙인들에게 "당신은 행복합니다."라는 말을 건넬 수 있을까? 절대 하지 못한다. 그런데 조금 더 묵상을 하다 보니 마음이 달라졌다.

예수님께서는 제자들을 부르신 다음에, 그들에게 '너희들은 가진 것을 나누고 사랑을 실천하면서 가난한 사람을 도와주고, 배고픈 사람에게 밥을 주고, 우는 사람을 행복하게 해주어라.'라고 하셨다. 가난하고 굶주리며 우는 사람은 제자들이 예수님의 이름으로 행하는 실천 덕분에 행복해질 수 있는 것이다. 사랑과 자비의 실천! 그렇기 때문에 오늘도 사랑과 나눔을 통해서 사람들을 행복하게 해주려 했다.

문득 앤소니 드 멜로 신부님의 묵상이 떠올랐다.

"길에서 추위에 떨고 있는 여자아이를 봤어요."

그 아이는 얇은 옷을 입었고, 제대로 된 식사에 대한 희망이 거의 없었습니다. 저는 화가 나서 신께 말했습니다.

"왜 이걸 허락합니까? 왜 당신은 무언가를 하지 않으시나요?"

그러나 신은 아무 말도 하지 않았습니다.

그러던 어느 밤 갑자기 저에게 말씀하셨습니다.

"나는 당연히 무언가를 했지. 내가 널 만들었단다."

11일 금요일

안나의 집은 노숙인들에게 맛있는 식사뿐만 아니라 그분들의 건강과 안전에 대해서도 많은 신경을 쓰고 있다.

일주일에 두 번 월요일과 목요일에 마스크를 제공하고, 성당 마당에 들어올 때는 마스크 착용을 확인하고, 손 소독을 하며, 열화상 카메라와 컴퓨터로 체온을 측정한다. 그리고 2m의 거리를 유지하여 도시락을 기다리고 받아가게 한다.

또한 봉사자들의 안전에도 신경을 쓴다. 현재 안나의 집은 일일 봉사자의 수를 15명으로 제한, 예약을 받아 운영하고 있다. 급식소에 들어올 때 명단을 작성하고 마스크와 장갑, 페이스 쉴드를 나눠주어 착용한 채로 봉사를 하며, 2m씩 거리를 두어 봉사하고 있다. 그리고 일과가 끝나면 매일 급식소를 소독하고, 일주일에 한 번씩은 안나의 집 건물 전체를 소독한다.

12일 토요일

성남 맛집! 안나의 집 이번 주 메뉴!!

월요일: 소고기뭇국, 기장밥, 어묵볶음, 꽁치구이, 배추김치

화요일: 수수밥, 배추김치, 된장국, 새우튀김, 새송이 버섯볶음, 우유

수요일: 제육덮밥, 김치국, 참나물무침, 김치

목요일: 닭곰탕, 해물스파게티, 도토리묵무침, 무채나물, 김치, 흑미밥, 떡

금요일: 갈비탕, 김치, 우유, 백미밥

토요일: 시래기된장국, 새우초무침, 아스파라거스버터볶음, 가지나물, 배추김치

일요일 아침식사: 밥, 건나물 비빔세트와 시래기나물, 감자 어묵채볶음, 가지나물무침

월요일, 목요일에는 마스크, 토요일에는 옷 나눔!

한 자매님이 음식을 만들다가, "안나의 집은 천국 같아요."라고 하였다. 안나의 집에서 봉사하면서 보람을 느끼고 음식에 대한 걱정이 없어졌기 때문이라고 했다. 자매님 부부는 기초생활수급자라서 우리 집에 식사하러 왔었다. 그러다 코로나 바이러스가 번지기 시작하자, 혹시 급식소에 도움이 필요할까 싶어 봉사하러 온 것이다. 첫 봉사 이후 행복을 느껴서 계속 우리를 도와주고 있다.

자매님 남편은 교통사고를 당해 귀가 잘 들리지 않고, 아들은 장애가 있다고 한다. 봉사하고, 도시락을 받아가는 게 식사만 하러 올 때보다 훨씬 보람되고 행복하다고 했다. 걱정도 없고 기쁘다고도……. 또한 마음이 건강해지니 덩달아 몸도 건강해지는 것 같다고 했다. 그러면서 다른 노인들도 시간이 있다면 함께 봉사하면 좋겠다고 했다. 자매님은 가진 것은 없지만 더 어려운 사람들을 위해 봉사하고 행복해지고 건강해지면 좋겠다고 웃으며 말했다.

15일 화요일

"말할 수 없이 감사해요."

매일 안나의 집에 오시는 키가 작고, 짧은 머리에 안경을 쓴, 얼굴이 하얗고 동그란 예쁜 할머니 한 분이 내 손을 잡으며 말했다.

할머니는 항상 웃는 얼굴로 핸드 카트에 깨끗이 닦은 재활용 쓰레기들을 가지고 온다. 특히 할머니는 다른 사람의 빈 도시락까지 세척한 후에 분리수거를 해서 가지고 온다. 얼마나 고마운지 모른다.

할머니는 올해 81세인데, 50여 년 전에 남편과 사별한 후 지금까지 혼자 살고 있다. 지하 단칸방에서 자식도 없어 혼자 살지만 언제나 맑고 편안한 얼굴로 급식소에 온다.

할머니는 안나의 집에 오면 안전함을 느낀다고 한다. 봉사자들이 자식 같기도 하고 식구 같기도 하다고. 이런 마음이 핸드 카트에 빈 도시락을 싣고 가는 할머니의 얼굴에서 드러난다. 감사하는 마음과 다른 이들의 쓰레기까지 정리하는 착한 마음이 할머니의 얼굴과 우리의 얼굴을 밝게 만든다.

16일 수요일

사랑하는 친구 중에 매일 부채로 열을 식히는 아저씨가 있다. 서울 청량리에 사는 그는 서울의 급식소들이 코로나 바이러스로 인해 중단되면서 안나의 집을 찾아왔다고 한다. 놀랍게도 그는 영어를 아주 잘한다.

"어떻게 그렇게 영어를 잘하세요?"라고 물으니 그는 웃으면서 "I'm self-studying English everyday."라며 매일 스스로 영어 공부를 하고 있다고 했다. 그러더니 "So cool!"이라며 부채질을 한다.

원래 건설업에 종사했던 그는 무릎을 심하게 다쳐서 노숙을 하게 되었다고 한다. 그래도 "곧 다시 일을 시작할 것입니다. 걱정하지 마세요."라고 하며 웃음을 잃지 않는다. 아주 멋지다!

17일 목요일

오늘은 엄상준 관리장님의 생일이다. 관리장님은 안나의 집 건물관리부터 이용자의 안전을 위해 일하는 안전지킴이다. 정부 지침에 맞춰 운영하기에는 어려움이 많지만, 언제나 성실하고 겸손한 자세로 어려운 이들을 섬기며 사랑으로 일한다. 항상 감사합니다! 그리고 Happy Birthday!

18일 금요일

안나의 집을 한 달에 두 번씩만 찾아오는 노숙인 친구가 있다. "왜 자주 안 오세요?"라고 물으니, "신부님, 밥 말고 책 주세요."라고 했다. 음식보다 문화와 지식을 얻는 게 더 중요하다는 그는 배를 채우는 것뿐만 아니라 머리를 채우는 것도 꼭 필요하다고 말했다. 그래서 그가 올 때마다 책을 준다.

"우리처럼 냄새가 나는 사람들에게 다른 사람들은 돌을 던지려고 하는데, 신부님은 사랑을 주십니다. 이 사랑에 보답하려면 말 한 마디라도 올바르게 해야 하지 않을까요? 저도 신부님처럼, 헬렌 켈러처럼 훌륭한 사람이 되지 말라는 법이 없겠습니까?"라고도 말했다.

이처럼 사랑하는 친구들 중에는 책을 좋아하는 친구들도 있고, 신문을 보고 나서 의견을 묻는 친구들도 있다. 쉼터에 사는 친구들 중에는 검정고시를 준비하는 친구도 있고, 자격증을 준비하는 친구들도 있다.

노숙인들은 게으르고 무식한 사람이 아니다. 안나의 집에 오는 사랑하는 친구들 중에는 스스로 열심히 공부하고 노력하는 멋진 사람들이 많다.

오늘도 몇 개월 전부터 규칙적으로 안나의 집에 봉사하러 오는 논현2동 보좌신부님(박재성 시몬)과 청년들이 방문했다. 이들은 미소를 지으며 아름답게 그리고 열심히 봉사했다.

19일 토요일

누군가를 돕고자 할 때, 그 사람의 상황을 이해하는 것이 매우 중요하다. 그렇기에 안나의 집에서는 노숙인의 상황을 깊이 이해하기 위하여 3년에 한 번씩 조사한다. 어느새 3년이 흘러 오늘 또 그 조사를 진행하였다.

이번 주의 성남 맛집 안나의 집 메뉴.

월요일: 미역냉국, 달걀찜, 마른새우볶음, 배추김치와 우유, 마스크, 고소미과자

화요일: 된장국, 제육덮밥, 양념깻잎, 배추김치와 호빵

수요일: 기장밥, 김칫국, 동그랑땡, 표고버섯볶음, 배추김치

목요일: 백미밥, 감자탕, 김치, 마스크

금요일: 미역국, 흑미밥, 새우초무침, 양배추쌈, 무말랭이와 김치

토요일: 된장국, 짜장덮밥, 단무지, 배추김치

일요일 아침 식사: 단팥빵, 머핀, 구운 계란과 음료수. 그리고 옷!

21일 월요일

안나의 집에 오는 사랑하는 친구 중 혼자 사는 노인들을 보면 마음이 더 아프다. 이분들은 누구의 아버지 혹은 어머니로, 이분들을 보면 나의 부모님이 종종 생각나곤 한다.

이분들은 평생을 자식들을 위해 고생했고 국가의 발전을 위해 희생했기에 이제는 행복하고 안락하고 건강하게 여생을 보내야 한다. 그런데 현실은 그러지 못하다. 한 끼 식사를 위해 비가 오든 눈이 오든 덥든 춥든 힘들게 안나의 집을 찾아온다. 너무 가엾은 마음이 든다.

나에게는 한 가지 꿈이 있다. 한국이 더 많이 발전해서, 특히 사회복지 분야가 더 많이 나아져서 안나의 집과 같은 시설이 없어지면 좋겠다. 이런 시설이 없어진다는 것은 모든 사람이 자기 집에서 편하게 식사할 수 있게 되었다는 뜻이기 때문이다. 하루빨리 이런 아름다운 날이 오면 좋겠다.

22일 화요일

안나의 집 옆에 있는 모델 하우스의 경호원이 찾아와서 도와달라고 했다. 함께 가보니 모델 하우스 옆에서 한 노숙인이 식사하고 있었다. 아주 건장한 경호원은, 노숙인이 '나도 여기를 쓸 권리가 있다'라고 하면서 계속 버티고 있으니 나더러 제발 데려가 달라고 했다. 경호원은 노숙인 친구와 싸우다가 어쩔 수가 없어 내게 온 것이었다.

그의 옆에 앉으며 먼저 "안녕하세요, 아저씨?"라고 인사했다. 그러고서 "식사하셨어요? 맛있게 드셨어요?"라고 친절하게 물었다. 그러자 그는 "네, 신부님. 잘 먹었습니다."라고 대답했다. 나는 이어서 "아저씨, 여기는 다른 사람 땅이에요. 공원에 가서 드실래요?"라고 물었고, 아저씨는 알겠다고 하며 공원으로 가서 식사하였다.

사람들은 노숙인들을 대할 때 선입견을 품고 굉장히 불친절하고 강압적으로 행동한다. 그래서 이들도 똑같이 우리를 대하는 것이다. 이들은 노숙인이기 전에 사람이다. 그렇기에 힘이 아니라 친절함으로, 무시가 아니라 사랑으로, 차별이 아니라 따뜻함으로 대해야 한다. 먼저 이들에게 친절하게 다가간다면 분명히 더 친절하게 대할 것이다.

24일 목요일

한 노숙인 친구가 오더니 명함을 달라고 했다. 왜 그러냐고 물으니 "제게 무슨 일이 생기면 연락할 사람이 없어요, 신부님."이라고 하면서 명함을 받아갔다.

몇 년 전 크리스마스 아침이 떠올랐다. 경찰서에서 연락이 왔다.

"김하종 신부님이시죠?"

"네. 왜 그러세요?"

"OOO 병원으로 오시겠어요? 노숙인 한 분이 어제 길에서 동사된 채로 발견되었습니다. 가족이나 친구는 없고 지갑에 신부님 명함이 있어 연락드렸습니다."

아픈 가슴을 부여잡고 병원에 갔다. 영안실에서 친구의 얼굴을 확인했다.

"네, 제가 아는 사람입니다."

우리 식구였던 친구를 위해 마지막 기도를 하고 돌아왔다. 죽어가는 이 친구 곁에는 아무도 없었다. 마음이 너무 아파 눈물이 계속 흘렀다.

이 일을 겪은 후 구청과 경찰서에 한 가지 부탁을 했다. 죽은 노숙인이 발생하면 안나의 집으로 연락해달라고. 그래서 성남시에서 노숙인이 죽으면 나와 직원들이 가서 장례를 치른다.

우리 친구들은 대부분 살 때도 혼자서 힘들게, 죽을 때도 길에서 또는 옆에 아무도 없이 쓸쓸하게 죽어간다. 삶과 죽음의 순간에 사랑과 행복이 아닌 고통과 외로움 속에 있어야 하는 노숙인 친구들을 위해 기도한다. 함께 기도해주세요!

사람들에게는 각자의 터닝포인트가 있다. 내 인생의 터닝포인트는 요즘처럼 날이 좋은 1992년 가을에 찾아왔다.

당시 나는 성남 중원구 상대원동에서 빈민 사목을 담당하고 있었다. 독거노인들과 장애인들을 방문하여 돕는 것이 내 담당이었다. 어느 날 생활이 어려운 장애인 한 분이 사는 집의 주소를 알게 되었다. 종이에 적힌 주소를 찾아 도착한 곳에는 아주 오래되고 낡은 집이 있었다. 어둡고 곰팡내가 가득한 지하로 내려가 문을 두드렸다.

"들어오세요. 문 열려 있습니다."

문을 열고 들어갔더니 창문도 없는 어두운 방에 흐릿한 전등 하나만이 보일 뿐이었다. 너무 어둡고 덥고 냄새가 나서 몇 초 동안 자리에 멍하니 서 있었다. 그러고 나서 보니 방바닥에 50대로 보이는 아저씨가 누워 있었다.

아저씨 옆에 앉아 대화를 나누었다. 아저씨는 20대 때 사고로 크게 다쳐 하반신이 마비되었다고 한다. 그때부터 30여 년을 이 지하에서 살고 있었다고. 식사는 어떻게 하는지 물었더니, "옆집 사람들이 기억해서 주면 먹고 아니면 굶어요."라고 했다. 당시 한국의 사회복지는 많이 발전하지 못해서, 이런 분들은 도움의 사각지대에 놓여 있었다. 30여 년 동안 혼자서 그렇게 살아온 것을 생각하니 마음이 너무 안 좋았다. 뭐든 해야 할 것 같아서 "아저씨, 무엇을 도와드릴까요?"라고 했더니, 방을 정리해달라는 대답이 돌아왔다. 방에 있지도 않고 있다고 해도 갈 수도 없는 화장실을 대신한 아저씨의 요강을 정리하고, 방 청소와 설거지를 했다. 그 후 다시 이야기하기 위해 바닥에 앉았다.

그때 갑자기 아저씨를 안아주고 싶은 마음이 들었다.

"제가 안아드려도 될까요?"라고 했고, 아저씨는 흔쾌히 "네, 신부님. 좋습니다."라고 했다. 그런데 아저씨를 안는 순간, 코를 찌르는 독한 냄새에 구역질이 났다. 동시에 말로 표현할 수 없는 평화와 기쁨이 느껴졌다. 그리고 한 음성이 들렸다.

'나다. 두려워하지 마라.'

나는 이 음성이 예수님의 메시지임을 확신했다. 이 음성이 실제로 일어난 것인지 아니면 나의 상상이나 환청인지는 아직 잘 모른다. 그러나 그날부터 특별히 더 어려운 사람들을 위해서 일하기 시작했다. 확실한 내 인생의 터닝포인트가 된 것이다.

안나의 집을 찾아오는 사랑하는 친구들 한 명 한 명은 불쌍한 사람이 아니라 오히려 '부활하신 예수님의 영광스러운 상처'라고 믿는다. 다시 말해 나는 매일 예수님의 상처를 모시고 사는 것이다. 그렇기에 노숙인 친구들을 볼 때마다 힘들지 않고 오히려 행복하고 기쁘다. 또한, 오늘도 변함없이 예수님의 상처를 모실 수 있게 해주심에 감사드린다.

30일 수요일

휴대폰으로 문자를 받았다. "신부님, 000이라는 분이 건물을 청소하면서 살고 있는데, 이번에 보너스로 받은 10만 원을 어려운 사람들에게 주고 싶다고 했습니다."

정말 고맙고 예쁜 마음이다. 나는 여기에 추석의 의미가 있다고 생각한다. 추석은 과거로부터 많은 것을 받았기에 지내는 '감사의 축제'이다. 또한 현재 가지고 있는 것을 이웃들과 나누는 '나눔의 순간'이다. 마지막으로 추석은 과거로부터 얻은 것에 감사하고, 지금 그것을 나누면서, 미래를 아름답게 만들 수 있는 '희망 가득 찬 시간'이다. 그렇기에 자신도 어려운 삶을 살고 있지만 감사하는 마음으로 자신보다 더 어려운 이웃들과 나누는 자매님은 행복하고 기쁜 삶을 누릴 수 있게 될 것이다. 행복하고 즐거운 추석 되세요!

10월

□
■

1일 목요일

추석은 큰 축제이다. 그래서 사랑하는 친구들에게 축제 분위기를 선물하고 싶었다. 저녁 식사와 아침 식사를 제공하고, 과일과 화장품 등이 든 선물과 새 옷도 함께 선물했다. 안나의 집 친구들도 명절의 기분을 느낄 수 있길 바랐다.

예수님께서 그에게 말씀하셨다. "여우들도 굴이 있고 하늘의 새들도 보금자리가 있지만, 사람의 아들은 머리를 기댈 곳조차 없다."(루카 9, 58)

이 복음에서 예수님은 노숙인의 모습인 것처럼 보인다. 사실 예수님은 길에서 먹고 자며, 배고프고 목말랐으며, 더위와 추위를 그대로 받아들이셔야만 했다. 다시 말해 예수님 스스로 노숙인과 같이 사셨기 때문에 그 삶에 대해 말씀하실 수 있었고, 우리 친구들에게서 예수님의 모습이 드러나는 것이다. 그러므로 노숙인들을 기쁜 마음으로 도와주어야 한다.

추석이다. 사랑하는 친구들은 항상 명절을 홀로 보내야만 했다. 그러나 오늘은 안나의 집 봉사자들과 함께 할 수 있었다. 다행이고 기쁘고 감사하다. 추석 메뉴는 미역국, 소불고기 덮밥, 무말랭이무침, 배추김치와 사과, 배, 음료수, 과자 3봉이었고, 화장품, 칫솔과 마스크를 선물했다. 마음이 아름다운 봉사자 58명 덕분에 최고의 추석 선물을 받았다.

2일 금요일

오늘 반지하 방에 사는 젊은 노숙인 친구가, "신부님, 5만 원만 좀 빌려주실 수 있으세요?"라고 물었다.

"어디에 쓰시게요?" 했더니, "강아지가 밥을 못 먹고 있어요. 그래서 강아지 밥 사려고요. 요즘 추석 연휴라 일이 없는

데 일하게 되면 갚겠습니다."라고 했다. 안쓰럽지만 감동적이었다. 이 친구는 자신은 안나의 집에서 밥을 먹을 수도 있고 며칠 굶어도 되지만, 강아지는 아직 어리고 스스로 먹을 수 없기 때문에 밥을 챙겨야 한다고 했다. 본인도 가난하고 어려워서 밥조차 쉽게 먹지 못하면서도, 자기보다 더 작고 힘없는 생명을 먼저 생각하는 모습이 참으로 멋지다.

대한민국의 법에 정의된 노숙인은 다음과 같다.

1. 상당 기간 일정한 주거 없이 사는 사람
2. 노숙인 시설에 사는 사람
3. 상당 기간 적절하지 못한 주거지에서 사는 사람(고시원, 여인숙, 쪽방촌, 지하 단칸방, 컨테이너, 비닐하우스 등)

이 법을 안나의 집에 오는 친구들에게 적용하면 83%가 노숙인이며 17% 독거노인이다.

3일 토요일

안나의 집에 매일 오는 아주 마른 몸에 키가 작고 말수가 적은 친구가 있다. 이 친구는 안나의 집에서 나오는 종이 박스들을 모아 판 돈으로 생활하고 있다. 추석 연휴인 오늘 이 친구가 갑자기 "감사합니다, 신부님."이라고 하였다. 이유가 궁금해 물었더니, "추석 때여서 박스가 많이 나와 생활에 큰 도움이 되었습니다."라고 했다. 평소 말수가 거의 없는 친구가 해준 인사에 놀라기도 했고, 행복해지기도 했다. 나도 모르게 미소가 번졌다. 우리 입장에서는 박스를 가져가는 것만으로도 감사한데, 이 친구는 자신이 더 고맙다며 안나의 집 쓰레기를 치워주고 청소도 한다. 다른 노숙인들이 버리고 간 쓰레기까지도 모아 정리한다. 참 멋지고 사랑스럽다.

사실 박스는 1kg에 50원이고, 온종일 일해야 100kg 정도를 모을 수 있다고 한다. 그렇게 해서 번 돈이 하루에 5천 원이라고, 게다가 코로나로 인해 요즘은 5천 원 벌기도 힘들다고 한다. 그렇지만 종이 박스를 치우며 보람을 느끼고 사회에 도움을 줄 수 있어 기쁘다고 하는 이 친구 덕분에 행복하다.

5일 월요일

어느 여자 노숙인 친구가 은행 봉투를 주면서, "신부님, 고맙습니다. 이거 받아주세요."라고 했다. 봉투를 열어보니 예쁜 나뭇잎이 가득 들어 있었다. "꽃을 드리고 싶지만, 돈이 없어서 대신 이걸 드립니다. 잘 받아주세요."

너무 행복하고 기뻤다.

노숙인 실태 조사를 보면 노숙인 중 10% 정도가 여성이다. 이는 여성과 남성의 심리적 차이에서 비롯된 비율이라고 한다. 안나의 집에 오는 남성 노숙인들은 대개 사업을 하다 실패하면 세 번 정도까지 재개하려고 노력하지만, 네 번째에는 포기하고 노숙인 생활을 시작했다고 한다. 반대로 여성들은 심리적으로 남성보다 강하기 때문에 열 번을 실패해도 다시 시작하고 일어선다. 설거지, 청소, 남들이 하지 않는 궂은일도 하며 살아가려고 노력한다. 남성과 여성의 이런 차이가 노숙인 비율의 남녀 차이로 드러난 것이다. 또한 노숙인 중에서 결혼한 사람은 49%이고 결혼하지 않은 사람은 51%라고 한다.

한 자매님에게 문자를 받았다.

"신부님 안녕하세요? 어제 안나의 집에 쌀 10kg을 가지고 갔었습니다. 쌀은 매달 정부에서 지원받는 것을 조금씩 아껴 모은 거예요. 신부님이 하시는 주님의 일에 작은 보탬이라도 되고 싶습니다."

정말 감사한 일이다. 이렇게 안나의 집은 많은 분의 도움 하나하나가 모여 큰 사랑의 실천을 이어가고 있다. '내일은 우리 친구들에게 무엇을 줄 수 있을까?' 하고 걱정될 때면 예수님께 기도드린다. 그러면 항상 나의 걱정을 넘어서는 큰 도움의 손길이 기다리고 있다. 안나의 집을 도와주는 후원자분들의 마음과 정성 안에서 예수님과 그분의 선물을 매번 체험하며 산다.

자신도 힘들게 살아가지만, 더 고통받고 어려운 이웃을 위해 안나의 집을 후원하는 많은 분께 머리 숙여 감사의 인사를 전한다.

9일 금요일

한글날이다. 한글을 통해 쉽게 그리고 잘 교육받을 수 있기에 한글날은 기쁘다. 대한민국이 교육 강국이 된 이유 중 하나는 한글 때문일 수도 있다.

그런데 사랑하는 우리 노숙인 중에는 초등학교를 다니지 못한 사람(17%)도 있고, 초등학교만 졸업한 사람(25%)도 있다. 이 42%의 노숙인들은 대부분 한글을 제대로 읽을 줄 모른다. 이로 인해 사회성을 배울 수 없었고, 열등감을 가지게 되었다. 대부분 어렸을 때 제대로 교육받지 못해 벌어진 일이다. 한글을 잘 모르니 자신감이 떨어져 사회에 적응하지 못해 노숙인 생활을 하게 된 것이다.

10일 토요일

도시락을 받으러 온 할아버지 한 분이 눈에 들어왔다. 할아버지는 클립으로 옷을 여미고 양말도 제대로 신지 못했다. 한 손에는 지팡이, 다른 손에는 양동이 두 개를 힘들게 들고 있었다.

"이거 왜 가지고 계세요?"라고 물으니, 할아버지는 대답했다.

"고물상에 팔면 500원을 받을 수 있어서 기뻐요."

할아버지는 신흥동 작은 단칸방에서 아내와 함께 살고 있고, 자식들과는 연락이 끊겼다고 한다. 그런데 아픈 할머니는 집 밖으로 거동이 어려워서, 안나의 집 도시락과 할아버지가 종이 박스와 병 등을 고물상에 팔아 번 돈으로 식사를 해결하고 있다고 한다.

91세인 할아버지와 비슷한 나이가 되면 편안하고 안전하게 여생을 보내야 하지 않을까? 그런데 그렇지 못한 분들이 많다. 저분뿐 아니라 안나의 집에는 60대(26%), 70대(29%), 80대(19%), 90대(2%)의 어르신들이 매일 온다. 이런 고령의 어르신들이 건강하고 편안하고 안전하게 사는 것은 권리이지 않을까? 하지만 76%의 노인들이 그렇지 못해서 마음이 아프다. 노인이 어렵고 힘들게 사는 것은 사회와 국가의 문제라고 생각한다.

13일 화요일

루카복음에는 '착한 사마리아인의 비유' 이야기가 있다.

"어떤 사람이 예루살렘에서 예리코로 내려가다가 강도들

을 만났다. 강도들은 그의 옷을 벗기고 그를 때려 초주검으로 만들어놓고 가버렸다. 마침 어떤 사제가 그 길로 내려가다가 그를 보고서는, 길 반대쪽으로 지나가버렸다. 레위인도 마찬가지로 그곳에 이르러 그를 보고서는, 길 반대쪽으로 지나가버렸다. 그런데 여행을 하던 어떤 사마리아인은 그가 있는 곳에 이르러 그를 보고서는, 가엾은 마음이 들었다. 그래서 그에게 다가가 상처에 기름과 포도주를 붓고 싸맨 다음, 자기 노새에 태워 여관으로 데리고 가서 돌보아주었다."(루카 10, 29-34)

오늘도 사람들은 가난하고 고통받는 사람을 외면하고 모른 척하며 지나친다. 그들 마음이 자기에 대한 사랑으로만 가득 차 다른 사람에 대해서는 무관심하기 때문이다. 모든 사람이 가엾은 마음을 지닐 수 있도록 기도한다. 모두가 이같은 마음을 갖게 된다면 사회는 아름다워지고 미래는 희망으로 가득할 것이다.

15일 목요일

안나의 집 근처 모란역에는 아주 유명한 점쟁이 할아버지가 있다. 85세인 할아버지는 서른부터 한복을 입고 사람들의 손금과 점을 봐주었다고 한다. 그렇게 돈을 벌어 다섯 자녀를 공부시켰다고……. 그런데 언제부터인가 이 할아버지가 안나의 집에 온다. 왜 여기에 오게 되었을까?

할아버지는 요즘 사람들이 손금이나 점에 관심도 없고, 다들 똑똑해져서 당신에게 오지 않는 거라고 했다. 모란의 다른 점집도 사정은 마찬가지라고 한다. 요즘은 할아버지 대신 여든인 할머니가 청소 일을 하면서 돈을 번다고 했다.

할아버지 말처럼 한국의 문화들이 조금씩 없어지는 것 같다. 내가 처음 이곳에 왔을 때 할아버지는 꽤 유명했고, 할아버지에게 점을 보러 가는 사람들도 많았다. 그러나 지금은 점을 보는 사람들이 많이 준 것 같다. 어떻게 보면 점을 보는 것도 한국의 고유한 문화 중 하나인데, 차츰 사라져가서 마음이 아프다. 오래전 한국에 와서 보았던 많은 것 중 이제는 찾아볼 수 없는 것도 제법 되어 안타깝다.

18일 일요일

나에게 가장 행복한 시간은 일요일 아침이다. 아침에 주일 미사가 없으면 새벽 일찍 자전거를 타고 한강 변으로 간다. 천호대교에 도착하면 다리 밑 편의점에 들러 따뜻한 커피와 초콜릿을 먹는다. 그리고 떠오르는 해를 보면서 행복함을 느끼고 좋은 기운을 받고는 한다.

지난 일요일에도 여느 때처럼 편의점을 들렀다가 나오니, 안나의 집 친구 한 분이 서 있었다. 반가운 마음에 "여기서 뭐 하고 계세요?"라고 물었다. 그러자 그 친구는, "신부님, 저 여기에서 노숙하고 있어요. 밤이 되면 이곳에는 사람들이 적기 때문에, 저기 화장실에서 자고요."라고 했다.

얼른 편의점에 가 라면과 햇반을 사서 드린 후, 친구의 가슴 아픈 이야기를 함께했다.

가난한 집에서 태어난 그는 부모님의 이혼과 아버지의 음주로 힘든 어린 시절을 보냈다. 아버지는 재혼한 후에도 폭력을 멈추지 않았고 새엄마의 학대까지 있어서, 11살 때 가출했다. 집을 나와 처음에는 아는 형들 집에서 살다가, 건설 일을 배웠다. 젊고 힘이 넘쳤기 때문에 돈을 제법 모아 원룸에서 지낼 정도까지 되었다. 결혼은 하고 싶었지만, 경제적 능력이 없어서 포기했다. 그런데 어른과 어울리다 보니 자연스럽게 술을 배웠고, 나이가 들어 힘이 달리고 외로워지자 더욱 술을 마셨다. 결국 일을 못하게 되어 좁고 어두운 고시원으로 이사를 했다. 그나마 일이 있을 때는 고시원에서 살 수 있었지만,

일이 없을 때는 길에서 살 수밖에 없게 되었다. 고통과 외로움은 그에게 술을 계속 마시게 했고, 이제는 일도 못하고 돈도 없는 상황이 되어버렸다.

사실 이 같은 이야기를 우리 친구들에게서 많이 들을 수 있다. 노숙인 중 그 누구도 이런 고통스러운 생활을 원하지는 않는다. 그들은 조금씩 조금씩 사회에서 멀어져 길에서 사는 것이다. 길에 누워 있거나 길에서 생활하며 술을 마시는 노숙인들은, 고통스러운 삶의 맨 끝에 와 있다.

그러므로 안나의 집의 역할은 사회에서 밀려나거나 버려진 친구들에게 다가가 그들을 돕는 것이다. 식사나 옷을 제공하는 것을 넘어 친구들이 회복하여 다시 일어날 수 있도록 돕는다. 실제로 도움을 받은 많은 노숙인이 재기했다. 안나의 집은 단순히 밥을 주는 곳이 아니라 희망을 주는 곳이다. 노숙인들을 따뜻하게 환영하고, 사랑하는 마음으로 손잡아 다시 일어날 수 있도록 도와주는 곳이다.

20일 화요일

안나의 집에는 유명한 사람들, 배우, 가수, 방송인, 국회의

원 등이 와서 봉사한다. 심지어 '루이비통'도 봉사하러 온다. 그런데 이 루이비통은 명품 가방이 아니라 강아지다.

가끔씩 루이Louis Vuitton는 앞치마를 입고 내 곁으로 온다.

"루이, 일하러 가자!"라고 말하면, 루이는 예쁘게 따라와 옆에 앉아 꼬리를 흔들며 웃어준다. "루이, 도와줘!"라고 하면 알아듣고 달려온다. 루이는 다른 봉사자들처럼 설거지를 하거나 밥을 준비하지는 않지만, 나에게 즐거움과 행복을 선물해준다. 이렇게 루이도 나름대로 봉사하는 것이다. 덕분에 나도 웃으면서 기쁘게 봉사할 수 있으니, 루이는 정말 좋은 친구다.

26일 월요일

처리해야 할 일이 있어 늦게 퇴근했다. 사무실을 나오는데 할아버지 한 분이 다가왔다.

"신부님! 제가 몸이 너무 아파서 이제서야 도착했어요. 배가 고픈데 먹을 게 있으면 조금 주시면 감사하겠습니다."

급식소에 들어가서 할아버지에게 물과 빵과 구운 계란을 드렸다. 할아버지는 혼자 남한산성이나 인근 교회에서 노숙을 하고 있다고 했다. 요즘 허리가 너무 아파 도시락을 나눠주는 시간에 맞춰 오기가 어렵다고 한다. 늦게 와서 죄송하다며 늦은 한 끼 식사를 하는 모습에 마음이 아팠다. 해가 떨어지면 기온도 많이 내려가는데 여전히 여름 잠바 차림이라 겨울 잠바를 꺼내어 입혀드렸다. 650인분의 도시락과 추가로 준비한 빵, 우유를 다 나눴는데도 이분을 그냥 가게 하지 않아서 감사하고 행복했다.

우리 안나의 집 정신이 이런 것이다. 언제든지 준비된 먹거리를 정말 필요한 분들에게 나눠 줄 수 있는 안아주고(=자활 시설) 나눠주고(=급식소) 의지가 되어주는(=리스타트사업) 집! 안나의 집은 노숙인 친구들을 언제든지 환영한다.

나의 일기를 모아 만든 이 책에는 '기적'이라는 말이 계속 등장한다. 대개 사람들은 기적이라 하면, 예수님께서 한 순간에 마치 마법을 사용하여 어떤 상황을 바꾸는 것만 떠올린다. 하지만 난 기적에 대해 다르게 생각한다.

기적이란 예수님께서 우리에게 힘을 주시고, 그분과 함께 아름다움을 이루는 것이라고…….

나는 특별히 이를 안나의 집에 걸려 있는 '손이 없으신 예수님' 고상을 통해서, 고상 밑에 있는 봉사자의 기도를 더해서 더욱 분명하게 느끼고 있다.

〈봉사자의 기도〉

봉사자는 예수님의 손입니다.

살아 계신 예수님은 봉사자의 손을 통해서 움직입니다.

오직 예수님만이 믿음을 주실 수 있습니다.

그러나 예수님은 우리의 삶을 통하여 믿음을 증거하십니다.

오직 예수님만이 희망을 주실 수 있습니다.

그러나 예수님은 우리를 통하여 희망을 불어넣으십니다.

오직 예수님만이 평화를 주실 수 있습니다.

그러나 예수님은 우리를 통하여 평화의 씨앗을 뿌리십니다.

오직 예수님만이 힘을 주실 수 있습니다.

그러나 예수님은 우리를 통하여 힘이 되어주십니다.

오직 예수님 홀로 길이십니다.

그러나 예수님은 우리를 통하여 길을 보여주십니다.

오직 예수님 홀로 생명이십니다.

그러나 예수님은 우리를 통하여 그 생명을 나누십니다.

예수님 당신 스스로 충분하십니다.

그러나 예수님은 우리와 함께하는 것을 더 좋아하십니다.

영광이 성부와 성자와 성령께,

처음과 같이 이제와 항상 영원히. 아멘.

그렇다.

기적이란 예수님과 협력하여 함께 아름다운 세상을 만드는 것이다!

신부님께 ✝✝

이번에 주신 치즈 정말
감사해요 정말 맛있었어
요 감사합니다

그리고 코로나 조심하시고
마스크 잘 쓰세요
거리두기, 마스크쓰기 꼭 실천 하세요.
신부님 만나고 싶지만
코로나 때문에 못 만나세요.
나중에 우리 꼭 만나요 신부님.
그리고 사랑하고 감사해요
그리고 저번에 주신 책 잘 읽고
있어요. 그맘습니다.
앞으로 잘 지내 셔서 우리
나중에 다시 만나요 신부님.
사랑해요 건강하게 다시 만나요 신부님.
2020년 9월 15일 ...
                              나.
김하종 신부님 께 🩷🩷 * * * * *
— 연아가 🩷🩷 | | | |

코로나19 시기 동안 안나의 집에서 봉사하면서 많은 것을 배웠습니다. 비록 코로나 바이러스가 큰 고통을 주고 있지만, 이 고통을 통해서 배울 점이 많다고 생각합니다.

첫째, 고통은 더 깊이 봉사하게 했습니다. 코로나 바이러스가 퍼지기 시작하면서, 시청에서는 급식소의 지속적인 운영에 우려를 표현했고 저도 같은 고민을 했습니다. 다 같이 모여서 식사하는 건 감염 위험이 큰 행동이니까요. 고민한 끝에 생각해낸 대안이 도시락이었습니다. 도시락은 급식소를 계속해서 운영할 수 있게 해주었지요. 사회적 거리 두기가 시행되자 많은 분이 마스크를 후원해주셨고, 성남동 성당 신부님의 도움으로 성당 마당을 사용하여 도시락을 나눠줄 수 있게 되었습니다. 노숙인들과 봉사자들은 항상 손 소독을 하고 있고, 일주일에 한 번 급식소 전체를 소독하고 있습니다. 코로나 바이러스 2차 폭발 이후에는 열화상 온도계로 체온을 측정하고, 봉사자들에게 마스크와 장갑, 고글 등을 제공하고 있습니다. 이렇듯 코로나로 인해 어려움이 커지면 커질수록 이를 해결하기 위해, 한 단계씩 더 깊이 생각하고 봉사할 수 있었습니다. 덕분에 지난 8개월 동안 650여 명의 노숙인과 봉사자, 직원 중에 단 한 명의 확진자도 나오지 않았습니다.

둘째, 코로나 바이러스는 인간관계에 대해 생각하게 했습니다. 인간은 상호의존성을 가지고 살아갑니다. 사회적 거리 두기와 록다운 때문에 사람을 마음대로 만나지 못하는 지금, 상호의존성의 중요성을 다시금 깨닫습니다. 인간은 한 나라, 한 사람으로만 살아갈 수 없습니다. 함께 살아가야 합니다. 요즘 사람들은 자기의 행복을 추구하면서 살고 있습니다. 그것은 좋은 일입니다. 그러나 거기서 멈추면 안 되고 공동선을 위해 한 걸음 더 나아가야 된다고 생각합니다. 동양에서는 예부터 사람 인(人) 자가 두 사람이 함께 기대어 있는 형상을 하고 있다면서, 사람이 혼자서는 살아갈 수 없음을 알려주었습니다. 팬데믹은 한 나라의 힘만으로 이겨낼 수 없고 다 같이 노력해야만 극복 가능한 것입니다. 세계는 공동의 집이며 인류는 한 가족입니다. 상호의존성 안에서 개인은 다른 이들과 함께 노력하면서, 공동체는 다른 공동체들과 함께 노력하면서 살아가야 합니다. 그래서 안나의 집의 봉사자, 후원자, 직원 모두는 가지고 있는 달란트를 나누면서 집에서처럼 고통을 이겨내고자 노력합니다. 많은 분이 봉사와 나눔, 후원 등을 통하여 함께해주어서 650여 명의 노숙인이 하루도 빠짐없이 식사할 수 있었습니다. 노숙인들이 식사를 계속함으로써 그들의 면역력이 향상됐고, 한 사람도 아프지 않을 수 있었으며, 다른 국민들의 건강도 보호할 수 있었습니다.

셋째, 코로나 바이러스는 자연에 대해 다시 생각하게 했습니다. 세계 여러 나라에서 록다운이 시행되었을 때 지구가 얼마나 기뻐했는지를 목격했습니다. 하늘은 자신의 색을 되찾았고, 동물들은 기뻐 뛰놀았으며, 인간들은 깨끗한 공기로 숨을 쉴 수 있었습니다. 만연한 소비주의를 버리고 검소한 생활로 돌아가야 함을 깨달았습니다. 프란치스코 교황님께서 회칙 〈찬미받으소서〉를 통해 말씀하셨던 것과 같이 자연은 우리의 어머니입니다. 우리의 어머니인 자연에 대한 존경과 사랑이 없었기 때문에 바이러스가 만들어진 것입니다. 록다운 당시에 깨달은 자연과의 조화와 균형의 중요성을 잊지 말고, 자연의 아름다움을 유지하기 위해 노력해야 할 것입니다.

넷째, 바이러스의 발생은 우리의 재산을 올바로 사용해야 함을 가르쳐줬습니다. 세 번째 주제가 개인의 실천을 강조한 이야기였다면 이 주제는 공동의 임무라고 할 수 있습니다. 비싼 무기를 만들기 위해, 예를 들어 항공모함 하나를 만들기 위해 약 20조 원에 가까운 돈을 쓰지만, 백신 개발이나 치료, 병원

확충을 위해서는 돈을 아낍니다. 전쟁을 위해 많은 돈을 쓰지만, 가장 작지만 위험하고 무서운 바이러스와의 전쟁에는 돈을 쓰지 않습니다. 인류가 가진 재산들은 바이러스와 백신에 관한 연구, 치료, 생태계 보호 등을 위해서 사용되어야 합니다. 전쟁과 죽음, 폭력이 생명보다 중요할 수는 없습니다. 우리의 재산이 어디에 사용되고 있는지 코로나 바이러스 덕분에 다시 한 번 생각할 수 있게 되었습니다.

다섯째, 사람들은 자신의 행복을 추구하면서 살고 있습니다. 행복 추구는 당연하고 좋은 일이지만, 여기서 멈추지 않고 공동선을 위해 한 걸음 더 나아가야 합니다. 세상은 배와 같습니다. 배 안에는 부자도, 가난한 사람도 모두 함께 타고 있습니다. 그런데 이 배 안에는 구명정이나 구명조끼가 없습니다. 누구도 자신을 구할 방법이 없는 것입니다. 그런데 부자들은 '나는 돈이 많기 때문에 안전하다.'라고 생각합니다. 이 배가 좌초된다면 모두 죽을 텐데 말이지요. 가난한 사람도, 부자도 똑같이 죽습니다. 그렇기에 자기만을 생각하지 말고, 이기심을 버리고, 우리가 탄 배가 나아가는 곳, 즉 공동선을 생각해야 합니다. 모두 같이 죽거나 아니면 모두 같이 살 것입니다. 프란치스코 교황님은 회칙 〈모든 형제들〉에서, 세상은 여러 민족이 아니라 주님의 한 백성임을 강조했습니다. 우리는 개인적인 선이 아니라 공동의 선을 생각해야 구원받을 수 있을 것입니다. 모든 사람이 주어진 것을 열심히 그리고 사랑하는 마음으로 한다면, 인류는 행복하게 살 수 있을 것입니다.

코로나는 나쁩니다. 모든 인류에게 큰 고통을 주고 있기 때문입니다. 그러나 고통에 좌절하기보다는 고통을 통해 더 많은 것을 배우고 느낄 수 있다고 생각합니다. 나아가 이렇게 배우고 느낀 것들을 통해 삶을 변화시킬 수 있으면 참 좋겠습니다.

이 책을 마치며 저는 행복한 사람이라고 말씀드리고 싶습니다. 왜냐하면 어둡고 어려웠던 지난 30년 동안 가난한 사람들과 함께하면서 우리와 동행하시는 예수님의 발자국을 직접 보았기 때문입니다. 또한 봉사자들, 후원자들, 직원들을 통해서 사랑이신 주님의 숨결을 느꼈기 때문입니다. 이렇게 저는 받는 것보다 주는 것이 훨씬 더 행복하다는 것을 배웠습니다. 무언가를 준 뒤 비어 있고 열려 있는 손은 축복과 선물을 받을 준비가 되어 있는 것입니다. 우리가 다른 사람들과 나눈 것보다 더 많은 축복과 많은 선물을 말이지요.

존경하고 사랑하는 프란치스코 교황님의 메시지로 이 책을 마무리하고 싶습니다.

"강은 자기 물을 마시지 않고, 나무는 자기 자신의 열매를 먹지 않으며, 태양은 스스로를 비추지 않고, 꽃은 자신을 위해 향기를 퍼트리지 않습니다. 타인을 위해 사는 것은 자연의 법칙입니다. 우리 모두는 서로를 돕기 위해 태어났습니다. 아무리 어렵더라도 말입니다. 인생은 당신이 행복할 때 좋습니다. 그러나 더 좋은 것은 당신 때문에 다른 사람이 행복할 때입니다."

다른 사람들, 특히 가난한 사람들에게 제 삶을 기쁘게 내어주려고 노력했기 때문에 저는 축복받고 행복한 사람입니다.

코로나19 극복을 청하는 기도문

성부와 성자와 성령의 이름으로, 아멘

+ 주님께서 여러분과 함께

◎ 또한 사제의 영과 함께

+ 루카가 전한 복음을 들어봅시다.

예수님께서는 회당을 떠나 시몬의 집으로 가셨다. 그때에 시몬의 장모가 심한 열병에 시달리고 있어서, 사람들이 그를 위해 예수님께 청하였다. 예수님께서 그 부인에게 가까이 가시어 열을 꾸짖으시니 열이 가셨다. 그러자 부인은 즉시 일어나 그들의 시중을 들었다.

+주님의 말씀입니다.

◎ 그리스도님 찬미합니다.

〈다 같이〉

예수님은 심한 열병으로 고통 중에 있는 시몬의 장모를 고쳐주십니다. 그는 병이 치유되자 곧바로 예수님과 그 일행에게 봉사를 했습니다. 우리들도 코로나로 인하여 많은 어려움을 겪고 있지만, 지금까지 건강하게 살고 있음을 주님께 감사드립니다.

우리도 시몬의 장모처럼 건강한 생활을 선물로 받았기 때문에 소외된 이웃에게 손을 내밀고 그들을 위해 오늘도 열심히 봉사를 하도록 노력합시다.

〈선창과 후창으로 나누어〉

O 코로나 바이러스 확산으로 혼란과 불안 속에 있는 저희와 함께하여 주십시오. 어려움 속에서도 내적 평화를 잃지 않고 기도하도록 지켜주시고 각자의 삶의 자리에서 최선을 다할 수 있도록 이끌어주십시오.

● 코로나 바이러스 감염으로 고통 받는 이들에게 치유의 은총을 내려주시고, 이들을 헌신적으로 돌보고 있는 의료진들과 가족들을 축복하여 주십시오. 또한 이 병으로 세상을 떠난 분들의 영혼을 받아주시고, 유족들의 슬픔을 위로하여 주십시오.

O국가 지도자들에게 지혜와 용기를 더해주시고, 현장에서 위험을 감수하며 투신하고 있는 관계자들을 보호해주십시오. 특별히 이런 상황에서 더 큰 위험에 노출되는 가난하고 소외된 사회적 약자들을 저희가 더 잘 돌볼 수 있도록 도와주십시오.

● 어려운 시기를 이겨내고자 애쓰는 저희 모두가 생명과 이웃의 존엄, 사랑과 연대의 중요성을 더 깊이 깨닫게 하시고 배려와 돌봄으로 희망을 나누는 공동체로 거듭나는 은총 내려주시길 간구합니다.

◎ 우리 주 예수 그리스도를 통하여 비나이다. 아멘

출처 : 「한국 천주교 여자수도회 장상연합회」

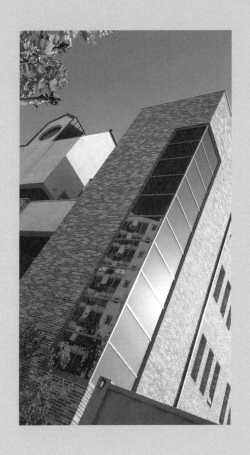

무료급식소 봉사 20년 한성희 씨, "어려운 이웃 돕는 자체가 기쁨이죠"

"어려운 이웃을 돕는 자체가 기쁨입니다. 그분들을 위해 쌀을 가져가고 맛있는 음식을 만들 때 저절로 힘이 납니다. 봉사를 마치고 느끼는 뿌듯함과 행복감은 말로 표현 못 합니다."

한성희(아기 예수의 데레사 · 81 · 제1대리구 보정본당) 씨는 매월 첫째와 셋째 목요일 본당 신자들과 함께 성남 안나의 집 무료 급식소 봉사에 나선다. 다섯 명이 한 팀이 되어 조리 봉사를 한다.

한 씨는 안나의 집에서 첫 손에 꼽히는 장기 봉사자다. 1998년 안나의 집 설립 초기부터 시작한 봉사가 지금껏 이어지고 있다. 여든을 넘긴 나이에도 20년 넘게 건강한 모습으로 현장에 함께할 수 있는 비결은 역설적이게도 '봉사의 기쁨' 때문이다.

교통사고로 왼발이 골절돼 깁스한 상태에서도 안나의 집을 찾는 이들에게 밥 한 그릇이라도 맛있게 해줘야 한다는 생각으로 목발을 짚고 조리장에 나선 적도 있다. 그만큼 봉사는 그가 하느님 안에서 항상 기쁘게 지낼 수 있는 원동력이다.

"가장 보잘것없는 이들에게 해준 것이 나에게 해준 것이라는 예수님 말씀은 봉사하는 데 있어 좌우명이라고 할 수 있습니다. 내가 가진 것을 이웃과 나누며 잘 살아갈 때 후배들도 잘살게 되고 세상이 더 따뜻해지지 않을까 생각합니다."

안나의 집 봉사를 시작한 것은 지인의 소개로 만나게 된 대표 김하종 신부와의 인연 때문이었다. 변변한 조리도구도 없이 드럼통에 국을 끓이고 내일 먹거리를 걱정하면서도 급식소 운영에 헌신하는 김 신부 모습에 어떤 일이든 도와야겠다며 팔을 걷어붙이게 됐다.

사실 한 씨의 봉사는 안나의 집을 알기 훨씬 이전으로 거슬러 올라간다. 1975년경부터 성 라자로 마을에서 20년 가까이 후원회 총무를 하며 물질적 신체적으로 힘들고 어려운 이들과 함께하는 삶을 몸에 익혔다. 고(故) 이경재 신부와의 인연이 가난한 이웃과 봉사에 눈을 뜨게 한 것이다.

한 씨는 봉사를 통해 겸손을 배우고 모든 것에 감사할 수 있는 마음을 얻었고 주변을 살펴보고 나누는 삶을 살 수 있게 됐다면서, "나의 발걸음과 손길이 얼마나 도움이 될지는 모르겠지만 조금이라도 어렵고 힘든 이웃에게 도움이 될 수 있도록 노력하고 싶다"고 말했다.

앞으로 건강이 허락할 때까지, 걸어다닐 수 있을 때까지 봉사 현장에 있고 싶다는 그는 '이웃을 사랑하라'고 하신 말씀을 늘 되새기며 바로 내 옆의 이웃에서부터 힘든 건 덜어주고 있는 것은 나눠주는 그런 신앙인이 되겠다고 밝혔다.

이주연 기자,《가톨릭신문》
2019.10.20

노숙인 위해 흘리는 신학생들의 땀방울, 작은 기도가 되다

"저희가 하는 칼질 한번, 설거지 한번, 흘리는 땀 한 방울이 작은 기도가 될 수 있겠다는 마음입니다."

경기도 성남에 있는 안나의 집(대표 김하종 신부). 젊은 봉사자들이 눈에 띈다. 음식 재료를 손질하고, 도시락을 포장하고, 쓰레기를 줍고, 누가 시키지 않아도 알아서 척척이다. 가톨릭대학교 안수호(막시모)·대전가톨릭대학교 김태일(라파엘)·김한구(프란치스코)·나두영(프란치스코)·최현민(요셉) 신학생과 오블라띠선교수도회 김현조(유스티노) 수사다. 김현조 수사는 3월부터, 신학생들은 5월부터 안나의 집에서 사목 실습 겸 봉사를 하고 있다. 예수님을 닮으려는 마음이다.

요즘 안나의 집에는 700여 명의 홀몸 노인과 노숙인이 찾아온다. 코로나19로 적지 않은 무료급식소들이 문을 닫았기 때문이다. 매일 700인분의 도시락을 준비하면서 몸은 힘들다. 하지만 홀몸 노인과 노숙인을 돕는다고 생각하면 어느새 마음은 보람으로 가득하다. 김현조 수사는 "홀몸 노인과 노숙인들을 보면서 그동안 사소한 것에 감사하지 못했다는 생각이 든다"며 "한 끼 밥을 먹으면서 살 수 있다는 것에 감사해야겠다는 마음"이라고 말했다. 최현민 신학생도 "마음으로 혼자 예수님과 대화하면서 하는 기도도 중요하지만 이렇게 몸으로 실천하는 기도가 정말 소중한 것이라는 것을 느낀다"고 했다.

홀몸 노인과 노숙인을 만나면 마음 아픈 순간도 많다. 무료급식소들이 문을 닫아 안나의 집을 찾는 사람들이 늘어나는 것을 볼 때, 90대 치매 어머니를 모시고 매일 안나의 집을 찾는 70대 할아버지를 볼 때면 그렇다. 김태일 신학생은 "안나의 집에서 제공하는 한 끼를 놓치면 그분들은 그날은 굶어야 하는 그런 절박한 현실을 마주할 때 안타까운 마음"이라며 "그분들의 모습이 남아서 매일 그분들을 만나러 가야겠다는 생각이 든다"고 전했다. 김한구 신학생도 "코로나19의 충격이 소외계층에게 가해지면서 평소 알지 못했던 것을 알게 돼서 가슴 아프다"며 "그들에게 작은 도움이 될 수 있다는 것에 감사한 마음"이라고 했다.

안수호 신학생은 처음에는 안나의 집에서 봉사하다 지금은 성남시 남자중장기청소년쉼터에서 봉사하고 있다. 아이들에 대한 정서적 지원을 주로 하고 있다. 안수호 신학생은 "아이들과 지내면서 해줄 수 있는 게 뭘까 고민했는데 아이들과 지내면서 제가 해준 것 보다 받은 게 많다는 생각이 들었다"며 "아이들의 선하고 순수한 마음에 위로를 받는다"고 말했다.

안수호·김태일·김한구·나두영·최현민 신학생과 김현조 수사는 올해 말까지 안나의 집과 성남시 남자중장기청소년쉼터에서 함께할 계획이다. 나두영 신학생은 "어떻게 사랑을 할 수 있을까를 화두로 삼고 솔직해지려고 한다"며 "솔직하게 인격적으로 사람 대 사람으로 만나는 게 사랑 실천의 시작점이 아닌가 생각한다"고 전했다.

김하종 신부는 "항상 남들이 하지 않는 일들, 어렵고 힘든 일들을 먼저 나서서 하고 어려운 사람들을 직접 만나 그들의 이야기를 들어주고 필요한 도움을 주려고 하고 있다"고 말했다. 그러면서 "예수님을 닮은 훌륭하고 좋은 사제가 될 수 있을 것으로 생각한다"며 감사의 마음을 전했다.

도재진 기자, 《가톨릭평화신문》
2020.09.27

코로나보다 무서운 '굶주림'…… 도시락 600개를 쌌다

곱슬머리 남자가 외치며 지나간 길은 묘하게 따뜻해졌다. 봄바람이 가볍게 부는 듯했다. 그가 사랑한다고 말한 이들은, 행색이 대체로 남루했다. 떡이 진 백발에, 목발 한쪽에, 구겨진 비닐봉지에 고단함을 이고 있었다.

난 남자를 뒤따라가며 사랑한다고 외쳤다. 머리 위론 하트 모양을 그렸다. 쑥스러운 맘에 목구멍이 쪼그라들었다. 그런데 그걸 들은 이들도 내게 말했다. 사랑한다고. 몇몇은 눈을 마주치지 못하고, 고개를 푹 숙이며 씩 웃었다. 아무럼 어떠하랴. 오후 4시의 햇살은 그리 따사로웠다.

사랑의 인사가 끝나고, 도시락 배분이 시작됐다. 길게 줄을 서 있던 이들은 노란 비닐봉지에 담긴 밥 한 끼를, 소중히 챙겼다. 맛있게 드시라고 인사하자, 그들도 감사하다고 고개를 숙였다. 소란을 피우는 이도, 누구 하나 더 달라고 하는 이도 없었다. 그리고는 그걸 한쪽으로 가져가, 허겁지겁 먹기 시작했다. 한 남자에게 다가가 물으니, "오늘 첫 끼"라고 했다. 그리고 남자는 반을 남겼다. 내일 아침에 마저 먹겠다고.

곱슬머리 남자, 푸른 눈을 가진 그는 신부였다. 이름은 김하종(64), 머나먼 이탈리아에서 왔다. 사회복지법인 안나의 집(경기도 성남시 소재) 대표인 그는 코로나19로 밥 굶는, 낮은 곳에 있는 이들을 위해 도시락을 만들고 있었다. 그게 하루 600~700개 정도 됐다. 다른 무료 급식소가 거의 문을 닫아서, 사실상 안나의 집이 '마지막 급식소'나 다름없었다.

지난달 30일, 그곳에 도시락을 만들러 갔다. 김하종 신부와 함께. 그가 말하는, 매일 벌어지는 '기적'이란 어떤 것일까. 그 현장에 있어 보기로 했다.

회색빛 곱슬머리에 푸른 점퍼를 단출하게 입은 김하종 신부는 소박한 미소로 날 맞았다. 방안을 둘러보니, 한편엔 김수환 추기경의 사진이 걸려있었다. 반대쪽 벽엔 안나의 집 가족 이름이 쭉 적혀 있었다. 대표임에도 그의 이름은 맨 밑에 있었다. '섬김을 받으러 온 것이 아니라 섬기러 왔다.', 그게 이유였다.

그에게 어떤 마음으로 28년 동안 이 일을 한 거냐고 물었다. "사랑입니다." 조금의 망설임도 없는 대답이 돌아왔다. 안나의 집은 그에게 직장이 아니라, 가정이란다. 여기서 만나는 노숙인들은 형제고 자매란다. 그러니 출근하는 게 아니라, "가족을 만나러 온다"고 했다. 월급도 한 달에 60만 원 받는다. 너무 적은 것 아니냐 했더니 "충분하다"며 웃었다. 가족이라면 당연히 그렇게 하는 거라며. 그의 별명이 '산타 신부'인 이유를, 만난 지 불과 10분 만에 알게 됐다.

그러다 코로나19 사태가 터졌다. 수원, 영등포, 서울역 등 무료 급식소들이 문을 닫았다. 안나의 집은 그러지 못했다. 그래서 급식 대신 '도시락'을 만들기로 했다. 그게 2월 중순이었다. 도시락은 처음이라, 시행착오가 많았다. 하루하루 해보잔 맘으로 버텼다. 다른 곳 무료 급식이 끊겨, 방황하던 이들까지 안나의 집으로 몰렸다. 도시락을 700개 만들고도 모자랐다.

그게 벌써 6주가 됐다. 김 신부는 "하루하루가 기적"이라 했다. 오후 1시부터 준비하는데, 그날 봉사자가 있을지 없을지 알 수 없다. 코로나19 감염 위험 때문에 오지 말라고 해서다. 그래도 매일 30~40명씩 모인다. 위험한 걸 알면서도 봉사하러 온다.

정오가 됐다. 김 신부와 식사를 먼저 하기로 했다. 지하 1층 무료 급식소로 갔다. 콩나물무침, 닭 날개, 김치, 두부 된장국으로 점심을 먹었다. 김 신부의 접시는 가벼웠다. 밥도 적었고, 반찬도 조촐했다. 잔뜩 담으려다 순간 부끄러워져, 나도 그를 따라 적게 담았다. '확찐자(살찐자)'가 된 터라 겸사겸사. 그리고 굶주린 누군가의 밥을 줄이는 건 아닐까 해서.

오후 1시, 본격적으로 준비가 시작됐다. 다행히 봉사자가 30명 정도 모였다. 위생 모자와 마스크를 다 썼다. 안나의 집 식구들, 성남동 성당 신자, 한양대 85학번 동기들, 오블라띠 수도회 신부님, 어르신 등 구성도 다양했다. 오늘의 기적을 일굴 시간이었다. 한데 모이자 김 신부가 기도했다. "예수님 당신을 믿고 있기에, 코로나 바이러스 두렵지 않습니다. 사랑하는 마음으로 봉사합시다."

주방에서 밥과 반찬이 마련될 동안 빵을 포장했다. 몸 쓰는 일이 잘 맞았다. 기부받은 빵도 있고, 김 신부가 직접 동네 빵집을 돌며 팔고 남은 빵들을 챙겨오기도 한단다. 도시락이 혹시 모자라면, 밥 대신 주는 거라 했다. 노란 비닐봉지에, 빵 1~2개씩 담자, 김 신부가 "3~4개씩 충분히 담으면 좋겠다"고 주문했다. 그의 말대로 넉넉히 담았다. 다 포장하니 50봉지 정도 됐다. 수북이 쌓인 빵 봉지가, 개나리꽃 같았다.

어묵 국물이 먼저 마련됐다. 테이블 2개로 나뉘어 포장이 시작됐다. 국물을 뜨고, 받아서 넘기고, 뚜껑을 닫고, 단단히 봉해졌는지 확인해 통에 넣는 순이었다. 그중에서 난 뚜껑을 닫는 역할을 맡았다.

말이 600개지, 생각보다 많았다. 포장하고 또 해도, 끝도 없이 밀려왔다. 허리가 뻐근해 왔다. 옆에 있던 봉사자는 의자에 앉았다. 앉으면 속도를 못 낼 것 같아, 그냥 서서 버텼다. 무리해서 뚜껑을 닫다가, 어묵 국물을 손에 흘렸다. "으악 뜨"까지 하다가, 그냥 아무렇지 않은 척했다.

10분 정도 쉬니, 이번엔 밥이 왔다. 밥 위에 우엉조림을 얹어서 포장하는 거였다. 여기선 밥을 받아서 고무줄로 묶는 일을 했다. 고무줄이 작아서 생각보다 쉽지 않았다. 힘 조절에 실패해 끊어먹기도 했다. 고무줄을 묶는 사이, 밥이 2~3개씩 쌓여갔다. 빨리 적응해야 했다. 다 끝내고 쌓인 밥을 보니, 뿌듯했다.

오후 2시가 넘었다. 이제 천막을 치러 갈 차례였다. 인근에 있는 성남동 성당으로 갔다. 앞마당이 꽤 넓어서, 여기서 나눠 준다고 했다.

성당 앞마당엔 이미 노숙인과 독거노인들이 질서 있게 줄을 서 있었다. 도시락 배급은 오후 4시부터인데, 벌써 와 있었다. 그들의 모습과, 좀 전에 포장한 밥과 국물의 상(像)이 겹쳐졌다. 뻐근한 허리를 쭉 펴니, 하늘은 꽤 맑았고 바람은 시원하게 땀을 말려줬다.

대망의 닭볶음탕이 완성됐다. 이제 김치와 함께 포장하면 끝이었다. 이번에도 뚜껑 닫는 역할을 맡았다. 그런데 닭볶음탕은 국물이 자꾸 용기에 묻어서, 행주로 닦으면서 해야 했다. 멀티가 잘 안 되는 뇌 구조 탓에 쩔쩔매고 있으니, 앞쪽에 있던 어르신 자원봉사자가 날 도와줬다. 말없이 그를 바라보니, 날 보며 환히 웃어줬다. '괜찮아, 너의 불확실성 정도는 나의 전문성으로 커버할게'라는 듯이.

그리 합을 맞추다 보니, 손발이 척척 맞았다. 김치도, 닭볶음탕도 제자릴 찾아갔다. 사는 곳도, 왜 왔는지도 다 달랐지만, 묵묵히 하나가 됐다. 여기에 성남중앙로타리클럽서 기부한 마스크를 하나씩 넣었다. 같이 잘 이겨내자고, 아프지 말자고, 아마 그런 맘이었다.

그리 모든 포장이 다 끝났다. 한쪽 구석에 가지런히 놓인 도시락 상자들이 어쩐지 곱고 아름다웠다. 참 많은 마음이 담겨서인지 보기만 해도 어쩐지 배가 불러왔다.

도시락 600개가 담긴 상자는 봉사자들 손에서 손으로, 지하에서 1층으로, 봉고차에서 성당으로 옮겨졌다. 오후 4시부터 배고픈 이들의 손에 쥐어질 참이었다.

넓은 성당은 도시락을 받으려는 이들로 가득했다. 담벼락을 따라 길게 줄이 늘어서 있었다.

오후 5시가 다 되어갈 무렵, 잔디밭에 앉아 식사하는 이들에게 갔다. 모두 네 명이었다. 아까 포장한 닭볶음탕도, 어묵 국물도, 밥도 맛있게 먹고 있었다. 기분이 좋아졌다.

그 밥 한 끼의 의미가, 그들에게 어떤 것인지 물었다.

83세라고 밝힌 한 할머니는 "세상에 신부님 같은 분이 없다. 진짜 사랑한다. 너무 잘해주시니까 목이 멘다"고 했다. 아들이 아파서 평소 끼니를 대충 때우다가, 우연히 알게 돼 안나의 집에 왔다고 했다. 그는 사랑한다는 이야길 많이 했다. 어르신들은 낯간지러워서, 보통 잘 안 하는 얘기였다.

79세라는 한 할아버지는, 7년간 일을 못 했다고 했다. 한 달에 30만 원으로 버틴다고 했다. 생계는 어떻게 해결하느냐고 물었더니 "죽지 못해 사는 거지요"란 대답이 돌아왔다. 다른 무료 급식소는 밥이 다 끊겼다고 했다. 그러니까 여기가 그만큼 중요하단 얘기였다. 안나의 집에선 소화제도, 진통제도 준다고 했다. 옷도 준단다. 그는 "정말이에요. 나 거짓말 하나도 없어요"라고 몇 번이고 강조했다. 마음이 느껴졌다.

왼쪽에 앉은 노숙인은 지하철역에서 왔다고 했다. 그는 "코로나19가 보릿고개(식량이 다 떨어져 굶을 수밖에 없던 4~5월의 춘궁기) 같다"라고 했다. 이어 옛날 얘길 했다. 그땐 밥을 쫄쫄 굶는 일이 정말 많았단다. 배고픈 사람들이 죽어 나갔단다. 그러면서 "하루만 굶어도 힘이 없어서 정신이 핑핑 돈다"라고 했다. "배고픈 걸 달래주잖아요. 참 고맙지요." 그에게 도시락은 그런 의미였다.

20년을 봉사했단 이에게 물었다. 코로나19 때문에 혹시 오기 무섭진 않았냐고. 그랬더니 그는 "난 걱정이 없는데, 주위에서 걱정했다"며 "기저질환도 있지만, 이 나이에 없는 사람이 어딨느냐. 그냥 봉사한다"고 답했다. 사람이 필요로 하는 곳에 올 수 있단 게 참 좋다면서.

김 신부에게도 같은 질문을 했다. 두려울 때가 없느냐고.

그러자 그는 꿈 이야기를 했다. "어제 이런 꿈을 꿨어요. 아주 아주 피곤했어요. 쉬고 싶어 어느 기숙사에 들어갔는데, 침대가 많이 있었어요. 거기 누우려 했더니 안 된다고, 다 쫓아내는 거예요. 마지막으로 문 옆에 있는, 작은 침대에 겨우 누웠어요." 그가 느끼는, 지금 상황과 고스란히 닮은 꿈이었다.

한 번은 직원이 열이 39도까지 올랐단다. 그날 김 신부는 잠을 한숨도 못 잤다. 다행히 음성이었다. 봉사자들을 보면서도 마음속 갈등이 굉장히 많다. 기쁘게 봉사하러 왔다가 혹시 죽을까 봐서.

재정적인 어려움도 크다. 주로 성당을 다니며 후원을 받는데, 코로나19로 미사가 중단돼 후원금이 급격히 줄었다. 도시락을 줄 사람은 늘었는데, 지원은 많이 줄었다. 매일 고비다. 육체적으로, 정신적으로도 힘들다고 했다.

김 신부는 마지막으로 이렇게 말했다. "많이 피곤하고 쉬고 싶어요. 그렇지만 쉬지 못해요. 아프면 안 돼요. 제가 아프면 바로 중단됩니다. 그러면 700명이 식사를 못 해요. 어디서 식사를 하겠어요. 정말 어려운 사람들이에요. 얼굴만 봐도 이해할 수 있어요. 마음이 무겁습니다."

에필로그(epilogue).

실은 도시락을 챙겨가는 이들을 보며 마음이 어지럽기도 했었다. 취재하다 한 노인이 "형편이 괜찮으면서, 공짜라고 받아 가는 사람 있겠지"라고 말한 뒤였다.

그 뒤론 그들의 모습을 보고, 행색을 따지기 시작했다. 운동화가 비싸 보인다고, 얼굴이 깨끗한 것 같다고. 한 번 바람에 들썩여 치솟은 먼지처럼, 그 복잡한 기분은 쉬이 가라앉지 않았다. "맛있게 드세요"하고 인사를 하고, "감사합니다"란 답을 들으면서도.

그때 김 신부가 다가왔다. 그는 도시락을 받아 가는 이들을 보며 "보세요, 기적 같지 않습니까"라고 했다. 그의 말에 공감하는 듯 끄덕였지만, 속으론 '이렇게 다 줘도 되는 걸까?', 그런 생각을 이어갔다.

내 마음을 읽은 것처럼, 김 신부는 이렇게 차분히 말했다.

"내가 좋은 사람이고, 너는 배가 고픈 불쌍한 사람이라 밥을 주겠다는 게 아닙니다. 같은 사람이기 때문에, 다시 일어날 수 있게 나누는 거예요. 누구든 살면서 어려운 시기를 만날 수 있잖아요. 그때 손을 잡고, 넘어져 있지 말라고, 일어나라고, 같이 걸어갈 수 있다고. 그게 안나의 집 역할이에요. 아름답지 않나요."

벚꽃잎처럼 보드라운 그 말을 듣다가, 나도 모르게 눈물이 머금어졌다.

남형도 기자, 《머니투데이》
2020.04.11

"서울에서 성남까지 왔어요 너무 배고파서"

늦더위가 기승을 부린 9월 16일 오후, 경기도 성남시 성남동성당 마당이 갑작스레 북적였다. 한두 명씩 모여들다가 일정한 대열을 이룬 사람들은 뙤약볕을 그대로 맞으며 바닥에 주저앉아 있었다. 뭔가를 기다리는 모양새였다. 노인이 많았고 20~30대도 간혹 보였다. 대부분 모자를 푹 눌러썼고 피부는 구릿빛을 넘어 붉은빛을 띠었다. 이들은 노숙인, 독거노인, 쪽방촌 주민 등으로 불리는 취약계층이다.

신종 코로나 바이러스 감염증(코로나19)은 가뜩이나 힘겹던 취약계층의 삶을 더욱 궁지로 내몰았다. '사회적 거리 두기' 속에 수많은 무료급식소와 사회복지시설이 문을 닫아서다. 끼니를 때우기조차 어려워진 이들은 주먹밥, 도시락이라도 나눠주는 시설을 찾아 먼 거리를 이동하기도 한다.

'안나의 집'은 코로나19 사태 이후에도 중단 없이 양질의 도시락을 취약계층에게 제공해 왔다. 코로나19 재확산 이후 '안나의 집'을 찾는 사람은 점점 더 늘어났다.

업무 강도는 코로나19 사태 전보다 훨씬 높아졌다. 5년째 '안나의 집' 주방장을 맡아온 조동석 씨는 "급식소를 운영할 때 정돈된 시설 내에서 3시간여 동안 천천히 배식하면 됐는데, 도시락으로 바뀌면서는 한꺼번에 (음식 만들기, 포장 등에) 힘을 쏟아부어야 해서 체력적으로 굉장히 힘들다"고 토로했다. 그는 "찾는 이가 많아

짐에 따라 도시락 개수도 늘려왔다"며 "다른 무료급식소가 문을 닫기 전엔 550개 정도였던 도시락 준비 물량이 요즘은 650~700개에 달한다"고 덧붙였다. 1999년부터 자원봉사를 해 온 이상원 씨도 "원래 '안나의 집' 정문 앞에서 도시락을 제공하다가 (코로나19 확산을 우려한) 인근 주민들의 민원이 제기돼 전달 장소를 성남동성당 마당으로 옮기게 됐다"면서 "성당이 협조해 줘서 다행이긴 하나, 도시락을 그쪽으로 일일이 옮겨야 해 다소 번거로운 것은 사실이다. 비가 내리면 더 어려워진다"라고 했다.

누적된 피로야 보람으로 극복하고 있지만, 예산과 안전 문제는 불가항력이다. '안나의 집'은 소액 후원금, 정부 보조금 등으로 빠듯하게 살림을 꾸린다. 중단된 무료급식과 청소년 방문 상담을 제외하고 노숙인 자활 시설, 청소년 쉼터, 공동생활가정 등은 그대로 유지하고 있다. 코로나19 사태로 후원금 모금 활동이 급격히 위축된 상황이다. 급식소 운영보다 훨씬 많은 예산이 투입되는 도시락 제공 사업을 계속 진행할 수 있을지는 누구도 장담 못 한다.

더군다나 실무자나 자원봉사자, 찾아오는 취약계층 가운데 단 1명이라도 코로나19 확진 판정을 받으면 모든 활동은 '올스톱'된다. 김 신부는 "매일같이 그야말로 기적처럼 도시락 제공을 이어가고 있다"고 설명했다.

도시락 제공 장소인 성남동성당 출입구에는 발열 체크기, 손 소독제 등이 갖춰져 있었다. 자원봉사자들이 일일이 방문자들 상태를 확인했다. 아울러 혹시 모를 감염 위험 차단을 위해 연신 "조금만 떨어지세요" "천천히 와주십시오" "간격을 유지해 주세요"라고 부탁했다.

모든 준비가 끝났다. 간격을 두고 마당을 메운 사람들이 일제히 일어섰다. 김 신부를 따라 두 팔로 '하트' 모양을 만들고 함께 "안녕하십니까" "사랑합니다"라고 말했다. 늘 이곳을 찾는 이들에게는 익숙한 풍경이다. "바쁘세요?" 김 신부는 기자에게 페이스 실드를 건네며 마스크 배급을 해 달라고 요청했다. '안나의 집'은 매주 화요일과 토요일 마스크를 같이 제공하고 있다. 옆에 있던 (주)유디 직원들도 후원 물품(칫솔)을 전하고 가려다 발길을 되돌려 부식인 호빵 전달을 도맡았다.

노란 비닐봉지에 담긴 도시락과 마스크, 호빵이 붉게 그을린 손, 퉁퉁 부은 손, 장애로 불편한 손에 쥐어졌다. 웃는 사람, 무표정인 사람, "할렐루야"라고 외치는 사람 등 반응도 제각각이다. 그러나 모두 감사 인사를 잊지 않았다. '주는 이와 받는 이'의 구분이 무의미해지는 순간이었다. 지난주부터 이곳에서 자원봉사해 온 취업 준비생 고은지 씨는 "내가 대단한 사람은 아니지만, 그래도 이렇게 몸을 씀으로써 다른 사람에게 도움이 될 수 있다는 게 뿌듯하다"라고 말했다.

오후 5시쯤 도시락이 소진된 후에도 드문드문 사람이 찾아왔다. '안나의 집' 구성원들은 자리를 지키며 빵, 과자 등을 나눴다. 한 사람도 그냥 보내지 않기 위해서다. 한 노숙인이 멀리서 큰 소리로 "잘 먹고 갑니다!"라고 인사했다. 시원한 바람이 불어와 모두의 땀을 식혔다.

코로나19 재확산세가 거세던 지난달 말 기준 노숙인 등에게 급식을 제공하는 서울 시내 단체 54곳 중 17곳(31.5%)은 운영을 중단했다. 무료급식소뿐 아니라 사회복지시설 이용도 제한되고 있다. 서울시는 지난 2월부터 사회복지시설 3,601곳에 대해 무기한 휴관 조치했다. 노인종합복지관 36곳, 종합사회복지관 98곳, 경로당 3,467곳이 포함됐다.

혹시 모를 감염 우려에 다른 지역 무료급식소들도 상당수 문을 닫은 상태다. 도시락이나 주먹밥 등을 제공하는 대체 급식으로 운영을 재개한 곳들도 수도권발(發) 코로나19 재확산 이후 다시 활동을 접었다.

이런 가운데 무료급식소와 사회복지시설이 언제 다시 코로나19 사태 이전처럼 운영될 수 있을지는 불투명하다. 갈 곳 없는 취약계층은 그 어느 때보다 암울한 시기를 보내고 있다. 김하종 신부는 "(코로나19, 태풍 등으로) 많은 국민이 고생하고 있는 때에 정부가 재난 문자, 대피소 안내 등을 통해 신경 쓰는 것은 분명 좋은 일"이라면서 "그러나 더 어려운 사람들에 대한 지원 방안도 고민해야만 한다"고 지적했다.

오종탁 기자, 《시사저널》
2020.09.18

* 조사일시 : 2020.09.19. 14시~17시

* 총 조사표본 : 653명

* 설문 응답자 : 597명 (91%)

* 무 응답자 : 56명 (9%)

안나의 집 이용자 현황

안나의 집의 이용자 현황을 지난 2010년, 2017년, 2020년에 나누어 3회 실시하였음.

	2020년	2017년	2010년
응답자	597명	460명	502명

응답자 현황은 아래와 같음.

구분		2020		2017		2010	
		응답자	(%)	응답자	(%)	응답자	(%)
응답자		597	100.00	460	100.00	502	100.00
나이	20대			3	0.66	5	1.23
	30대	3	0.50	5	1.10	25	6.17
	40대	34	5.70	42	9.23	110	27.16
	50대	110	18.43	91	20.00	175	43.21
	60대	156	26.13	126	27.69	90	22.22
	70대	174	29.15	115	25.27	-	-
	80대	110	18.43	68	14.95	-	-
	90대	10	1.68	5	1.10	-	-
성별	남자	538	90.12	405	89.01	461	92.02
	여자	59	9.88	55	12.09	40	7.98
직업	유	32	5.36	-	-	-	-
	무	565	94.64	-	-	-	-
결혼	기혼	292	48.91	247	54.29	225	48.39
	미혼	305	51.09	213	46.81	240	51.61
거주지	노숙	246	41.21	170	37.36	-	-
	고시원	55	9.21	80	17.58	-	-
	쪽방	195	32.66		0.00	-	-
	월세	101	16.92	210	46.15	-	-
최종학력	초졸,초퇴	113	20.47	-	-	-	-
	중졸,중퇴	155	28.08	-	-	-	-
	고졸,고퇴	157	28.44	-	-	-	-
	대졸,대퇴	28	5.07	-	-	-	-
	대학원 졸	1	0.18	-	-	-	-
	학력 없음	98	17.75	-	-	-	-
주거지역	성남시	349	58.46	239	52.53	200	39.92
	서울특별시	195	32.66	143	31.43	276	55.09
	기타수도권	42	7.04	76	16.70	25	4.99
	그 외	11	1.84	2	0.44	-	-

1. 이용자 연령대 변화

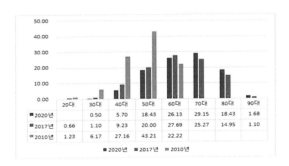

	20대	30대	40대	50대	60대	70대	80대	90대
2020년		0.50	5.70	18.43	26.13	29.15	18.43	1.68
2017년	0.66	1.10	9.23	20.00	27.69	25.27	14.95	1.10
2010년	1.23	6.17	27.16	43.21	22.22			

- 이용자의 연령대를 살펴보면 전반적으로 50대와 60대의 이용자가 가장 높은 수치를 보였으며, 2017년과 2020년에는 70대 이상의 고령층의 이용률이 매우 높아진 것을 확인할 수 있음.
- 이와 대비하여 20대와 30대 청년층 이용율은 시간이 지남에 따라 감소하고 있는 것으로 보임.

2. 성별 변화

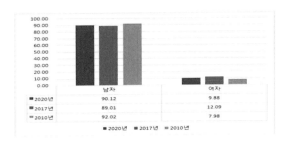

	남자	여자
2020년	90.12	9.88
2017년	89.01	12.09
2010년	92.02	7.98

- 이용자의 성별을 살펴보면 전반적으로 평균 90% 이상이 남성으로 확인되었으며 지난 2017년에는 2010년 대비 여성의 비율이 높아졌으나 2020년에는 여성의 비율이 10% 이하로 확인되었음.

3. 결혼유무의 차이

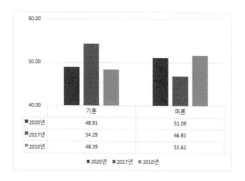

	기혼	미혼
■2020년	48.91	51.09
■2017년	54.29	46.81
■2010년	48.39	51.61

■2020년 ■2017년 ■2010년

● 이용자의 결혼유무를 살펴보면 기혼과 미혼의 비율이 약5:5로 비슷한 수준으로 나타났으며, 시간의 흐름에 따른 유의미한 차이는 없는 것으로 보임.

4. 거주지의 변화

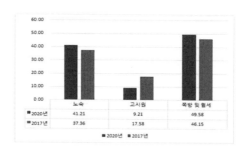

	노숙	고시원	쪽방 및 월세
■2020년	41.21	9.21	49.58
■2017년	37.36	17.58	46.15

■2020년 ■2017년

● 거주지 현황은 2010년에는 조사하지 않았음.
● 2017년과 2020년의 거주지 변화를 살펴보았을 때 2017년 대비 노숙의 비율이 3.84% 상승 하였으며, 상대적으로 고시원 거주 비율이 8.37% 감소한 것으로 확인되었음.
● 쪽방 및 월세에서 거주한다고 응답한 수는 2017년 대비 2020년은 약 3.43% 증가하였음.

5. 주거지역의 변화

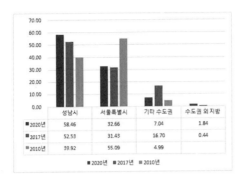

	성남시	서울특별시	기타 수도권	수도권 외 지방
■2020년	58.46	32.66	7.04	1.84
■2017년	52.53	31.43	16.70	0.44
■2010년	39.92	55.09	4.99	

■2020년 ■2017년 ■2010년

● 주거지역을 살펴보면 성남시의 거주비율이 2010년 39.92%, 2017년 52.53%, 2020년 58.46%로 점차 높아지고 있는 것을 확인할 수 있으며, 상대적으로 거주지역이 서울특별시라고 응답한 비율이 감소하고 있는 추세로 확인됨. 성남시와 서울시를 제외한 기타 수도권이라고 응답한 수는 2017년 대비 2020년은 7.04%로 9.67% 낮은 수치를 보였으며, 상대적으로 수도권 외 지방이라고 1.84%가 응답하여 지방에서 안나의 집 이용자가 소폭 상승한 것을 확인할 수 있었음.

■ 노숙인의 정의 (대한민국)

국내법에 따라 노숙인의 정의(시행201.7.16 법률 제 16242호)
이 법에서 사용하는 용어의 정의는 다음과 같다.

1. "노숙인 등"이란 다음 각 목의 어느 하나에 해당하는 사람 중 보건복지부령으로 정하는 사람을 말한다. 제2조(정의)

　가. 상당한 기간 동안 일정한 주거 없이 생활하는 사람(2조1항)

　나. 노숙인 시설을 이용하거나 상당한 기간 동안 노숙인 시설에서 생활하는 사람

　다. 상당한 기간 동안 주거로서의 적절성이 현저히 낮은 곳에서 생활하는 사람

　　(고시원, 여인숙, 쪽방촌, 지하 단칸방, 컨테이너, 비닐하우스 등)

2. "노숙인 시설"이란 이 법에 따른 노숙인 등을 위한 노숙인 복지시설, 노숙인 종합지원 센터를 말한다.

■ 노숙인의 정의 (UN, 미국, 영국, 일본)

1. UN이 정의한 노숙인 기준은,
　첫째, 집이 없는 사람과 옥외나 단기보호시설 또는 여인숙 등에서 잠을 자는 사람
　둘째, 집이 있으나 UN의 기준에 충족되지 않는 집에서 사는 사람
　셋째, 안정된 거주권과 직업과 교육, 건강관리가 충족되지 않는 사람을 말한다.

2. 미국 맥킨니 법(Mckinny, GAO 1999)에 의하면 노숙인은,
　첫째, 밤을 보낼 적절한 고정적이고 정규적인 주거가 없는 사람
　둘째, 밤을 보내는 주 주거지로 일시적인 주거의 제공을 목적으로 하는 공공 혹은 사설

의 임시 보호시설, 수용을 목적으로 개인들에게 임시적 주거를 제공하는 시설을 활용하는 사람

셋째, 사람이 자는 것을 목적으로 고안되지 않은 공공, 사설의 시설 등을 밤을 보내는 장소로 이용하는 사람을 말한다.

3. 영국에서는 '주택법'에서 노숙인을, 실제 노숙인(거리 노숙인과 시설 노숙인) 뿐만 아니라 사람이 살기에 부적합한 주택에 거주하는 사람, 불안정한 상태로 거주하는 사람으로 폭넓게 정의한다.

4. 일본에서는 '홈리스 자립 지원 등에 관한 특별조치법'에서 노숙인을, 연고 없이 도시 공원, 하천, 도로, 역사 등의 기타 시설에서 기거하며 일상생활을 영유하고 있는 자로 정의한다.

옮긴이 류젬마

이탈리아 볼로냐대학교에서 커뮤니케이션학을 수학했고, 한국어-이탈리아어 통번역사, 사진가, 이탈리아 현지 전문가, 칼럼니스트로 활동 중이다. 옮긴 책으로 《할 수 있어, 아브라카다브라》, 《레오나르도 다빈치의 위대한 발명품 40》이 있다.

순간의 두려움 매일의 기적
코로나19, 안나의 집 275일간의 기록

초판 1쇄 발행 2020년 11월 15일
초판 2쇄 발행 2021년 3월 15일

지은이 김하종
펴낸이 이혜경

펴낸곳 니케북스
출판등록 2014년 4월 7일 제300-2014-102호
주소 서울시 종로구 새문안로 92 광화문 오피시아 1717호
전화 (02) 735-9515
팩스 (02) 6499-9518
전자우편 nikebooks@naver.com
블로그 nikebooks.co.kr
페이스북 www.facebook.com/nikebooks
인스타그램 www.instagram.com/nike_books

ISBN 979-11-89722-31-9 (03810)

이 도서의 국립중앙도서관 출판예정도서목록(CIP)은 서지정보유통지원시스템 홈페이지 (http://seoji.nl.go.kr)와 국가자료종합목록 구축시스템(http://kolis-net.nl.go.kr)에서 이용하실 수 있습니다. (CIP제어번호 : CIP2020046488)